小說

動搖

Ryuho Okawa
大川隆法

台灣幸福科學出版有限公司

小說　動搖　目錄

小說

動搖

（一）

又開始了。

總是在淩晨三點鐘。

我有時感覺，自己是自己，自己又不是自己。如墜夢境。在夢裡，萬事萬物都是自由的，夢是創造性的寶庫。

一切從輕微的顫動開始。我的雙腿開始打顫，接著，伸出被子的右臂或左臂開始打顫，手指不由自主地握拳，再張開。

妻子正在臥房左邊的床上沉睡。由於她喝了低劑量的安眠藥，除非我出聲尖叫，否則她是不會醒的。夫妻既不同床，也總是異夢。

我總習慣在睡前重新瀏覽一遍當日的報告書。

引起我注意的是刊登在雜誌《西洋經濟》上大概兩頁的報導。從青森大學文學部中途退學的一個名叫石倉冬介的自由撰稿人，為了生計，沒少寫我任職校長的學校的壞話。回想起來，像他那種骨子裡都爛透了的傢伙，真不該招待他參加搭乘巴士參觀學校的活動。讓他摻和到其他善良的人群當中，簡直是狼入羊群。不但請「狼」吃了免費的午餐，還帶他把學校裡每個角落都參觀了一遍，我真是太過善良了。

想著想著不禁地睡著，淩晨三點鐘，那件事又開始了。夢中，我微微搖晃著，脫離了肉體。我應該是變成靈魂了。但是我看不見自己的模樣，連鏡子也照不到我的樣子。但我明明真實感覺到自己有頭，有雙手、雙腳、身體。

石倉是嫉妒我出身於著名的開成高中，又畢業於東大教育學系。那傢伙刻意把醜惡的心隱藏起來，假借揮舞社會正義的旗號，頻頻炮轟嫉妒的對象。

這個國家的憲法規範了表現的自由以及言論出版的自由，但並沒有明確地規定「嫉妒的自由」。那是出自於嫉妒，還是屬於適切的批評，要由具有良知的社會輿論來判斷，惡性的言論必須要被驅逐。

特別是在我新創辦的基督教學校裡，因為適用憲法規定的「信仰自由」，所以雖說有表達的自由，但也不允許人們惡口說人。透過由耶穌與主神相連接的本學園，將「遂行高貴的義務」視為理想。因此，對於先入為主地認為「信教的都是笨蛋」、「利用宗教作為一種賺錢手段」的「人狼」，必須要提高警戒心。因為這種人會污染具備良善信仰心的學生，並可能把他們逼到陷入進退維谷的處境。

我透明的身體，在夜色中的東京飛翔。

一棟河畔的舊公寓裡，石倉還在對著老舊的電腦敲敲打打中。反正他應該是過著日夜顛倒的生活吧。像他這種表面上寫誹謗報導，實為勒索取財的自由撰稿人，只會被出版社任意驅喚，用完便一腳踢開，日子過得像蟑螂一般不堪。冬介的背後，那充滿尿騷味的被窩裡，睡著半同居狀態的酒店小姐。一堆空啤酒罐倒在枕頭旁，唯一一個沒倒的是用來裝她抽完的煙蒂。

我，令和昭平的靈魂，進入這個有兩個房間、一個廚房的公寓，讀了他寫的稿子。又換了另一個筆名的他，正在寫著政治家的醜聞，謊稱該政治家從某宗教那裡拿了三百萬日圓。這類假新聞只要能引起其他媒體跟進，順利的話，就可以把政治家「拉下台」。如此一來自己就出名了，一舉打響「街頭試刀撰稿人」的名號。

讓恐懼心在他心中一點一點地滋生好了。

於是，成了靈體的我，首先潛入了冬介情婦的夢中。她夢到十幾隻老鼠從房間四角的洞穴竄出來襲擊自己，「呀」的尖叫。

冬介頭也不回，低聲叫了句：「吵死了」。

隨後，冬介面前的暖桌左前方的螢光燈，開始一閃、一滅。

「難得寫得正順手，可惡！」他大罵著，把緊急用燈放到了窗戶邊，電腦螢幕本身的亮度只夠打字用。

如果報導只說某政治家拿了三百萬日圓的話，太過平淡不夠吸睛。他正在創作著該政治家在中華料理店落入中國間諜所設下的桃色陷阱的橋段。

我，令和昭平的靈魂認為，無論牽扯到政治家的報導對公共利益多有價值，但也「絕不容許捏造」。

房間裡的濕氣凝結成水珠，滴答滴答地像雨點般從天花板上落下，滴到了冬介的頭上。

冬介扭頭對女人怒吼：「你這女人，竟敢把喝剩的啤酒倒我頭上！」

女人坐起身來，質問他：「喂！先生，剛才我夢見蛇咬死了十隻老鼠，是不是你寫了什麼要命的報導啊？」

「我要是有生命危險，就跟他們要一億日圓當稿費！」冬介衝著委託人「干潮社」罵道。

昭平想試試自己能幽體脫離到什麼程度。

他萌生出一種感覺，「說不定自己能變得像蝙蝠俠一樣。」

白天是肩負使命的校長，晚上是蝙蝠俠。

「嗯，好像挺有趣的。」

今天清晨，他在四點半左右回到了睡夢中的肉體。

（二）

很快天就亮了。

令和昭平校長的學園裡面，有間校長的「公宅」。本想寫「公邸」的，因為那是一間略微寬敞的三個房間、一個客廳、一個餐廚的住宅而已，所以低調一點，就寫成「公宅」吧。

校長的妻子名叫令和美津子，校長是再婚。前妻商子帶走了兩個孩子，美津子是從基督教方面的信徒中選出的。由於前妻是個女強人，自從昭平加入了基督教派的「太陽會」，夫妻就開始不睦。後來，昭平成了「太陽會」的職員，收入比妻子少了很多，以至於被「乾脆俐落地」，不，是被「合理地」拋棄了。

比起金錢，昭平選擇了信仰。想必神明會感到很喜悅吧。後來，他又生了兩個孩子，現在在附近的小學念書。

昭平任職的學園當然也是「太陽會」的贊助而建成的。昭平的開成中學、高中及東大教育學系畢業的學歷獲得了認可，被選拔為首任校長。

學園的正式名稱是「Happy Christ School」，簡稱「ＨＣＳ」學園，目標要成為一間學生不需要上補習班、文武雙全的學校。昭平自己也曾經是開成高中劍道部的一員。

最令昭平驕傲的，是學園的環境。學校建在毗鄰井之頭公園的一塊高地上，能享盡日本四季之美。就像「海景樓層」、「海岸景觀」一樣，從教室的二樓可以看到景色如畫的池塘，還有賞櫻勝地，所以一到春天，從校長的「公宅」望出去，也能看到櫻花。昭平擔任完全中學的校長剛好滿五年，每年都有學生考上東大、早慶等名校，早大合格率還曾名列全國前十名。學生中有四成，都是從高中開始入學的。

話說，早上的職員會議上發生了騷動。副校長川口龍江鐵青著臉，拿一張放大的照片到校長面前。那是一張夜間拍攝的照片，拍攝校舍盡頭的角落房間，一個綠色身體，長著黑色杏核眼的河童模樣的生物，赫然出現在照片上。那生物正透過玻璃窗，從房間裡往校舍外面看。假如它是從校舍外的樹叢往窗戶內窺看，如此反過來的話倒好理解。它有可能是可疑份子，也有可能是井之頭池中的河童，畢竟那麼大一片池塘，就算存在這種傳說中的生物也無法斷言「不可能」吧。但是，它不可以「存在」於應該上了鎖的夜間校舍二樓的音樂教室裡。這種事態，從根本上動搖了一個看顧學生的校園的安全性。在此校念書的並非只有東京當地的學生，有七成是從外地來的住校生，男生宿舍和女生宿舍都緊鄰著學校。

傳閱過照片的老師們七嘴八舌地說：「是不是河童啊？」「不，它長得跟外星人裡的小灰人一模一樣」「是不是誰做的惡作劇照片？」

校長令和昭平也目不轉睛地盯著照片，說：「我們的學生不可能故意做這種照片出來惡作劇。」「河童的話，頭上會有一圈頭髮和圓盤，但這上面沒有。」「照這麼說，這個體型偏小的綠色生命體是ＥＴ的可能性比較大。」「如果是夜間的井之頭公園，有可能是ＵＦＯ降落在那裡，祕密放出了探查用的小灰人。」

總之如果有學生遭遇不測，報考本校的學生就會急劇減少。校長指示要加強監控攝影和增加夜間照明，還要求長得像女演員北川景子的副校長川口龍江，把知道這張照片的學生都集合過來，在單獨的房間中執行由教團總帥製作的「擊退外星人祈願」。

川口雖然有國語教師的資格證書，但她主要被派去擔任修女的工作，對儀式等相當熟悉。

放學後，就在那間音樂教室裡，知道那張照片的學生們和一部分老師聚集在一起。川口擔任導師，搖響著凱羅凱恩之杖的鐘，舉行擊退惡質外星人的集體祈願，接著，學生們一個一個地接受了祓除儀式。然而在此過程中，令和校長親眼目睹川口的膝蓋在打顫。

說到川口，她擁有三十年的修行資歷，在「太陽會」當中也屬於首屈一指的女性導師。可是現在，川口卻雙腳搖動著，彷彿馬上就要浮到空中一樣。

「糟了。」校長當機立斷，這件事必須請示總帥，今晚自己也有必要親自調查一番。

校長說要向「主」商量，讓大家先散會。能讓川口龍江搖動到嘎嘎作響的，恐怕不是泛泛之輩。他請教了總部大聖堂的大山雄法總帥，得到的回覆是：「應該是外星人的生化人，小灰人吧。」

當天晚上，校長又在淩晨三點開始「搖動」。校長的靈體越過公宅的屋簷，盤旋在井之頭公園上空三十公尺處。

過了一會兒，一個閃著金色光芒的物體從天而降。它體型不算大，是一個直徑十公尺左右的小型ＵＦＯ。它停在池塘中心水面的上方一公尺處，像走在看不見的步道上一般，兩個長著黑色杏核眼的金色小灰人現身了。令和校長的靈體在岸邊叫住了兩個小灰人，問道：「你們來學校到底有什麼事？」小灰人們從肚子上的口袋裡掏出獨角仙型、鍬形蟲型的小型機器人，回答道：「聽說出現了一所有趣的學校，我們也正在調查，不會造成任何傷害的。」

校長再三叮囑：「一定要以學生為重。」

（三）

第二天到來。「它」的真面目，在靈性上已然明瞭，但在世間意義上，尚不能充分證明它的存在。

假如對學生造成了傷害，發生誘拐事件的話，還可以交由警察處理，但現階段連受害情況報告都提交不了。甚至連「ＵＦＯ在三更半夜降落在井之頭公園了，快想想辦法」這種話，都沒辦法跟自衛隊說。

日本的媒體也不可信。就像那個自由撰稿人石倉冬介，就只會寫學園的壞話。

校長和副校長商量後，決定先收集可用作證據的照片和影片，然後再向附屬大學的「Happy Christ University」（簡稱「HCU」）的未來產業學系以及「太陽會」的理事會彙報。

令和校長等人，以高二學生為主挑選了五名成員。高三生怕影響他們升學考試，國中生則會讓他們的家人擔心。

五名成員成立了「UMA研究會」。由於難保不發生人身危險，所以選出了一名劍道部成員、一名空手道部成員、一名拳擊部成員共三名男學生，再從生物部和科學部各挑選了一名優秀的女學生。

劍道部的山川英夫有自信能用木刀把小灰人打昏；空手道部的大地光說：「想朝著小灰人的後腦勺來一記迴旋踢試試！」而躍躍

欲試著；拳擊部的川邊二郎很有自信的表示：「拿下敵人只需一記上勾拳。」；生物部的南節子說：「一定要活捉它們並關進上野動物園，去跟大熊貓比比人氣。」她本人也挺像大熊貓的；科學部的夏目笑說：「我們家是開照相館的，拍影片和照片就交給我吧。」

多麼積極向上的學生們啊。比起恐懼感，他們的好奇心更勝一籌。

「UMA研究會」的顧問，則由劍道五段的石渡老師，以及對古代生物極其感興趣的女老師，山岡老師擔任。「UMA研究會」首先在外星人從井之頭公園到學園的必經之路上，安裝了好幾台表面上謊稱是「觀察野鳥用」的監控攝影機。並且為了能從學園屋頂上拍攝飛到井之頭公園上空的UFO，他們還準備了高級照相機，只要夜間出現移動的物體，就會自動拍下來。

自衛隊的飛機或者民間的直升機應該不會飛到湖面上空二、三十公尺的地方，而且必須把拍攝目標和鳥禽區分清楚。

就這樣，第二天的夜晚到來了。

三道類似閃電的東西落到了湖面上。

那些畫面也被拍了下來，但沒拍到幽浮本身。大樹上安裝的設備所拍下的影片裡，也都是些深夜情侶、流浪漢還有野貓野狗之類的。

沒能進一步接近真相。

某天晚上，團隊在公園裡搭了一頂綠色帳篷，打算至少看清楚閃電的真面目。

凌晨一點半左右，第一道閃電落入池中。池塘裡稍微變亮，並像溫泉一樣咕嘟咕嘟地冒起泡來。

第二道出現在凌晨三點多。閃電一落下，池塘裡便好像浮出一個金色的十字架。

第三道出現在凌晨四點半左右。這一次正好相反，池水像噴泉般從池塘中湧上來，時而閃著光芒。類似ＵＦＯ的東西浮出水面，因為它近乎半透明，所以照片拍不出來。

生物部的南說：「池塘裡的鯉魚和水是不是灌進了ＵＦＯ裡面？」

拳擊部的川邊低聲吼道：「一點都不有趣，真想給它一拳！」

科學部的夏目說：「那道閃電是在傳送水中探測機的。說不定外星人的祕密基地就建在井之頭池的池底下，用來晚上存放UFO。UFO總不能一天到晚在天上飛，它們也需要休息的。」

白天，「UMA研究會」的成員們划著船，在池塘中央找了找，但沒找到任何特別的東西。

但是，從「Happy Christ University」（HCU）借來的放射線探測器上，卻顯示出微量的異常數值。

「究竟是怎麼回事？水深頂多兩、三公尺啊！」擔任部長的山川困惑不解。

回程的路上，空手道部的大地在櫻花樹的枝杈上，發現了不屬於這個季節的鍬形蟲。他爬到樹上，伸出右手捉住。五個人翻來覆去地查看那隻鍬形蟲的時候，突然「砰」的一聲響，大地手中的那隻鍬形蟲竟化成一股煙，消失不見了。

「卑鄙！怎麼還毀滅證據啊！」拳擊部的川邊大喊。

「它們究竟有什麼企圖？」山川說。

「可能是為了引發什麼重大事件而在做調查吧。」生物部的南接著說：「我有種預感，很快就會出現更巨大的東西。」

第二週，事件發生了。

（四）

第二週的週一早上，職員會議一片譁然。好幾十名搜查員身穿帶有「警視廳」標誌的作業服，正在附近的公園步道和樹叢裡搜查，還有人在船上，拿著長棍和網子往池底四處探查。

「警視廳不可能一大清早的就來搜查外星人，難道是『UMA研究會』惹出了什麼事？」

校長正想著，突然傳來一個聲音：

「聽說有個女高中生被殺了！」

媒體也紛紛趕來。

「糟了。難道是在夜裡值守的研究會的女孩子遇襲了？」

若真是那樣，等待令和校長的，是引咎辭職。

「還不能安心啊。」

剛想到這裡，就聽到有人彙報：

「被害人好像是西荻女子學院的學生。」

令和昭平校長鬆了一口氣。人命不分大小，但還是要確認自己有沒有責任。

教體育的原老師一邊喘氣，一邊彙報：

「警察原本是循著夜間婦女暴力殺人事件的線，在追查線索，但趴浮在池塘裡的女學生身上有被鱷魚之類的猛獸襲擊過的痕跡，聽說遺體損傷得很嚴重。」

校長：「池塘裡怎麼會有鱷魚？」

原：「以前公園裡同時設了個小動物園，可能是當時飼養的爬蟲類變成了巨型動物，或是有人把當寵物養的鱷魚丟棄在這裡，後來在池塘裡變巨大了。」

校長：「總之，既然連電視臺的人也來了，通知大家不要讓學生們到學園外面去。」

上午的職員會議陷入了混亂。

校長一直待在校長室裡，盯著電視上的節目。

「說不定ＵＦＯ、小灰人引發的騷動也能就此平息。外星人可能也會搬到深山裡的公園之類的地方，這樣學園就平安無虞了。」

令和校長一個人喃喃自語著，隨著咚咚幾下敲門聲，新見教務主任走了進來。

新見：「校長，又出現一件令人擔心的事情。」

新見比優秀的令和昭平年長兩、三歲，原本是都立高中的英語老師。他頭髮比較稀少，並且聽說眼鏡的度數很高。

校長：「怎麼了？」

新見：「根據動物園和水族館的專家鑑定，從撕咬屍體的齒形來看，犯人（？）既不是鱷魚、鯊魚，也不是巨大的蛇或者野狗，好像是一種未知生物，媒體很快也會發出相關報導。要是成了奇聞異事，恐怕會更加人心惶惶，向學生們打聽情況的人也會越來越多。」

校長：「儘快做出應對媒體的指南手冊，放學時發下去。還有，近期內要住校生不要夜間外出。」

新見：「好，馬上照您的意思處理。」

新見教務主任走了以後，令和校長把門反鎖，在沙發上做起了瞑想型的祈禱，準備進行向大山雄法總帥學習的時間回溯解讀。

瞑想持續了大約五分鐘左右，校長的身體開始小幅度的前後搖動，靈眼開始靈視昨晚的事件。

「唔，果然如此，小灰人沒這個本事。果然是被稱為爬蟲類型外星人登場了啊。日本在外星人情報上太落後，這次終於要真相大白了吧。但是，吉祥寺是個有百萬人的城市，不排除事態進一步惡化的可能。倘若真正的惡質外星人駕駛攻擊型ＵＦＯ打過來，警察、自衛隊能夠對應嗎？不，根本沒有勝算。就連美軍的最新型噴氣式戰鬥機也是螳臂擋車。我能夠做什麼？或者，我們自己能夠做些什麼？能不能在保護學園的同時，維護吉祥寺百萬人民的幸福生活？到最後只能仰賴大山總帥，但自己也想遂行身為校長的使命。不管怎麼說，先私下跟『UMA研究會』的成員們討論一下吧。他們可能掌握了一些照片和影片。」

趁午休時間，他用校長的權限，將五名高中生和兩名顧問老師召集起來，親自聽取他們的意見。

部長山川說：「無論如何要調查清楚，我們所見的小灰人和UFO與該事件有什麼關聯。」他認為摸清對方的圖謀才能有所對策，警察太無知了，可能完全不能指望。真不愧是我們學校男學生的優秀代表。

夏目同學說：「大家來分工解析屋頂攝影機拍下的影片，再看看在大樹上設置的攝影機拍到了什麼東西。」又說：「我一點都不怕，不清楚緣由才是恐懼的原因。我們精心挑選的拍攝點一定拍到了證據影片。」真是太可靠了。

擔任顧問的石渡老師也說：「也許這是一個『改革世間』和『拯救人類』的契機。看著吧，什麼爬蟲類型外星人，我的木刀一下子就能打倒它們。」

令和提醒大家：「外星人可不像好萊塢印度導演拍的電影裡演的那麼弱啊。」

（五）

警方首次向媒體發佈正式聲明：

「發生在井之頭公園的女高中生殺人事件，起初推斷是曾作為寵物飼養的鱷魚等動物逃走，變成巨型動物，從池塘裡襲擊了被害人。但根據齒形的不同，推測是經過偽裝的變態分子作案，我們將加強附近的線索搜集工作，必定將犯人繩之以法。另外還將強化夜間的警察巡邏，防止再次發生類似事件。」

記者A：「那麼，這是否意味著池塘裡並沒有鱷魚？以及，划船遊玩是否安全？」

警方發言人：「在逮捕犯人之前，單獨遊玩或夜間外出時請提高警覺。」

記者Ｂ：「附近有沒有發現可疑場所或可疑分子？」

警方發言人：「有個名為Ｍ研究所的超能力研究所，目前尚未有證據顯示他們正在進行動物實驗或人體實驗。」

石倉：「我認為『ＨＣＳ』學園很可疑，是否有可能是他們把西荻女子學院的女學生強行拖到男生宿舍，施暴後再偽裝成屍體？」

警方發言人：「附近居民對這所學校的風評頗佳，多數的學生品行端正，也是一所宗教學校。警方並不認為宗教等同於邪惡。」

石倉：「太天真了吧，宗教通通都是邪教！你們去徹徹底底地搜查看看，說不定庭院裡就埋著屍體呢！」

警方發言人：「請讓他離場。提問僅限電視臺、報社和大型雜誌社的正式職員。」

ＮＨＫ記者：「那麼，也就是說目前尚未考慮封鎖公園？」

警方發言人：「賞櫻季節已過，封鎖的影響應該相對較小，但那裡是市民休憩的場所，今後也將致力於確保安全。」

看著電視節目，校長令和鬆了一口氣。但同時他也意識到，「ＵＭＡ研究會」必須謹慎行事。

另一邊，「ＵＭＡ研究會」把音樂教室隔壁的房間作為研究室，男同學取回了公園裡的監控攝影機，女同學取回了學園屋頂上的攝影機，正在進行解析。設置在池塘邊的攝影機清晰地拍下了長著腿、能用兩條腿走路的鱷魚型生物，可能是爬蟲類型外星人的其中一種。

而屋頂攝影機則拍到了乍看似乎是雲，但卻不自然地降落在公園池塘的類似ＵＦＯ的東西。

空手道部的大地說：「果然是爬蟲類型外星人。不過光憑這些，是無法作為殺人事件的證據。」

生物部的南也沉思道：「因為是晚上，如果有人說那是穿著玩偶服的人，我們也很難反駁。」研究會決定在避免驚動警察的同時，靜觀其變。

但是，就在隔週的週二晚上，霧氣從來沒這麼濃厚過。整片池塘都籠罩在濃霧之下，甚至還瀰漫到附近的建築那邊。

劍道部成員兼研究會部長的山川首先感覺到情況不對勁：「難道這是ＵＦＯ出動時噴出的『霧氣』？」

空手道部的大地有些不安：「是不是又要發生殺人案了？」霧氣太重了，攝影機根本沒作用。拳擊部的川邊把準備好的工具拿了出來。雖然極為原始，但對付初次交手的敵人應該夠用了。他們鎖定好可以從外部侵入學園內部的幾個地點，掛起透明的「天蠶絲」釣魚線，再繫上鈴鐺，用來抓捕入侵者。

研究會的成員們輪流睡覺，一整晚都盯著手工製作的集音麥克風的反應。

然而，那天晚上期待落空了，沒有任何入侵者的跡象。

發現出事了是在早上八點左右，霧已經散去。

令和校長的公宅裡，家人們坐在一起吃早餐。校長、妻子美津子、長女美和子（十一歲）正在吃吐司和火腿煎蛋，兒子和義（九歲）還沒起床。

母親美津子叫了他好幾遍：「和義，起床了，要遲到了喔。」但遲遲沒有回應。

姐姐美和子過去一看，床是空的，窗戶開著，蕾絲窗簾隨風飄動著。「他不在啊。」夫妻二人聞言連忙趕過來，發現房間空無一人。

從來沒發生過這種事，他們意識到出事了。

「UMA研究會」的石渡老師最先接到消息，團隊全員集合。

夏目：「糟糕，之前沒考慮到校長老師的家，釣魚線和鈴鐺都沒掛。」

南：「這個生物相當聰明啊，竟然第一次就避開了我們的陷阱。」

山岡老師：「要是古代恐龍的話，會從最容易進出的地方進來，看來它的智力跟竊賊不相上下啊。」

山川：「不管怎麼說，沒在校長老師家裡安裝攝影機，也沒繫鈴鐺，是我們的失誤。」

大地：「我們三個男生先趕在警察之前，騎腳踏車繞公園一圈吧。」

山川、大地、川邊三人騎腳踏車繞著井之頭公園騎了一圈，但沒找到校長老師的兒子和義。

「這是對方在下戰帖吧。」

石渡顧問握著木刀的手用力緊握。

（六）

從和義（九歲）在校長家失蹤的那天晚上開始，總能聽到一種奇妙的聲音從壁櫥裡面傳出來。

那是「打開——！打開——！」的低聲呼喊，分辨不出是男孩還是女孩的聲音。有時是從和義房間裡的壁櫥傳出來，有時則是姐姐美和子（十一歲）的房間；有時是妻子美津子（四十歲）的房間，偶爾是校長（五十五歲）自己的房間。

為因應以金錢為目的的綁架，常用的電話機上安裝了反向探測器。只要保持通話超過三十秒就能鎖定對方的位置。不過在這種情況下，假如在七十二小時之內沒能把孩子救出來，基本上就等同於已遇害。

五名成員一起集思廣益。山川說：「假如已經遇害，聲音是幽靈發出來的話，就無法挽回了。」

夏目笑說：「有名字叫『打開』的妖怪嗎？」

南節子說：「那能算UMA嗎？若是河童、瘦長人、矮人、哈比人的話，可能算是UMA，但沒聽說過名叫『打開』的妖怪。」

川邊忍不住順口說了句：「要是回『關上——』會怎樣？」

夏目說：「我覺得，到時候應該問『你是誰』才對。」

當然，打開壁櫥也不會有人影。謹慎起見，練空手道的大地和夏目住進了校長家裡。想把「開門——」的聲音錄下來做聲紋鑑定，何況姐姐美和子還是小學生，夏目笑決定跟她睡在同個房間。空手道二段的大地光則住進了弟弟和義的房間，做好隨時能緊急聯絡所有成員的準備。

部長山川英夫想到：「三天過後，警察就會翻遍校園每個角落，連公園的池塘底下也會徹底搜索。」到時，「ＵＭＡ研究會」所掌握的外星人情報也就不得不交給警察了。

「但是，」川邊二郎思考著，「到時候，我們必須保護好學校的信譽和令和校長的立場。」

夜幕降臨了。妖怪「打開」的聲音從姐姐美和子的房間裡傳了出來。美和子問道：「你是誰？是和義嗎？」夏目笑說：「如果你是和義，就咚、咚敲兩下。」不一會兒，就聽到了「打開——，打開——，咚、咚」的聲音。對方可以回應，可是打開壁櫥一看，卻沒有任何人影。

夏目又說：「如果你已經死了，就敲一下。如果還活著，就咚、咚敲兩下。」於是傳來「咚、咚」兩下敲門聲。到底是還活著，還是自認為自己還活著的幽靈引發的騷靈現象？再不然，就是出於某些理由被帶去了異世界，究竟是哪種情況呢？

夏目重複了一遍：「是和義的話，就咚、咚敲兩下。」對方回應了兩聲「咚、咚」。對方具有理解能力。問題是，對方是不是這個世界的人呢？「和義已經九歲了，應該會說話吧。到底怎麼回事？」大地光強勢地問。

只聽對方回應道：「哥哥救救我。我被蜘蛛網纏住了，周圍黑漆漆的。」

大家明白了，這不是這個世界的綁架。

他應該在某個跟外星人有關的異世界裡。

校長鼓起勇氣，進行了兩次「愛爾康大靈 戰鬥」的修法，之後進入了瞑想。校長的靈眼看到，兒子被巨大的毒蜘蛛網纏住了。

令和校長：「是外星人搞的鬼。既然如此，我們也有對策。」

校長打電話給大山雄法總帥，彙報了此事。

大山答道：「看來，他被關進平行世界了。我請支援我們的外星人雅伊多隆打開一個通道，把他救出來，稍等一下。」

受大山委託，雅伊多隆的ＵＦＯ侵入了平行世界。他找到了昏暗世界中藏有毒蜘蛛巢的山洞，並接連打出四枚照明彈。毒蜘蛛受不了，逃進了洞穴深處。看來，那應該就是外星生物。

雅伊多隆從平行宇宙裡把和義救出來後，便將ＵＦＯ降落在校長家的屋頂上。接到聯絡，顧問以及其他成員共七人全到齊了。

雅伊多隆長得像是身高超過兩公尺、衣服上佩有R.O.標誌的超人，頭上長著兩隻角。他告訴部長山川：「真正的戰鬥即將開始。」然後轉眼間，就離開了地球。

回到家的和義撲進媽媽的懷抱。

「我好害怕。」他說。

校長平靜地說：「看來我的敵人很多啊。和義，先去向哥哥、姐姐們道謝。」

敵人瞄準的目標是「ＨＣＳ」學園。接下來是站穩腳步，努力奮戰的時刻了。校長的神情堅定。

（七）

原來是「Parallel World」（平行宇宙）啊。

晚上，令和校長喝著花草茶一邊沉思。「到底是出於什麼目的誘拐我兒子呢？」他又喝了一口花草茶。用花草茶來抑制亢奮的神經剛剛好。校長家裡的辦公室擺放著雅緻的餐櫃和書架，略帶高級感的書整齊地排列在六面書架上。令和校長是留英歸來的紳士，所以辦公室裡不放電視機，房間面積大約在六坪左右。

他輕聲說：「大概是先向我發出警告吧。」

「他們企圖用『小心家人不測』來威脅我，以便阻止『UMA

研究會』的調查。可是，身為光明的使徒，我不可以捨棄自身使命於不顧。萬不得已的情況之下，哪怕讓孩子們回妻子的娘家去，我也必須保護學園。」

校長坐在搖椅裡輕輕搖動著身體，依然在沉思。時間已經是深夜十一點多了。

「平行宇宙是最尖端的物理學主題，目前還沒有人能正確無誤地加以說明。不過，這個世界有很多地方都存在著特異點，據說從那裡就能連接到其他世界。乍看與靈界相似，但靈界裡並不存在三次元的物質和物體。假如把足球的表層看作地球表面的話，平行宇宙就是足球內層的黑暗三次元空間。換句話說，所謂 Parallel World（平行宇宙），就是與時間進化樹迴異的另一個世界。舉個例子，假如納粹的希特勒取得了勝利，戰後的真實世界將會發展成怎樣？或許就不會發生美蘇冷戰，就不會有中華人民共和國，也不會有北韓。歐洲將以德國為中心，發展成第二個神聖羅馬帝國。

若真是那樣，美利堅合眾國會始終採取孤立主義，而亞洲、非洲和中南美洲則會被日本解放。

法國革命以後，假如拿破崙沒有敗給俄羅斯和英國，法國大概會成為歐洲的中心吧。這樣一來，希特勒、墨索里尼、列寧、史達林都不會出現了。印度會獨立，中國會被分成法國圈和日本圈，而加拿大則會歸屬法國吧。

假如三次的布匿戰爭中，迦太基的漢尼拔滅了羅馬帝國，那麼世界的中心大概會在非洲北部。

如此想來，假如這樣的世界在平行宇宙中，作為神的實驗真實存在的話，人類應該會有複數個歷史。

不過還有另一種見解。這種見解的著眼點不是時間進化樹，而是『空間』。

據說，宇宙的七、八成是由 Dark Matter（暗黑物質）所構成。那麼，只有在宇宙大爆炸中由光創造出來的世界才是表側宇宙，而大部分則始終屬於裏側宇宙。這樣想來，以被稱為『神』的存在、被稱為『光之天使』的存在而編撰出的宗教為中心的文明文化屬於皮相，裏側宇宙三次元空間才是主體。那麼裏側宇宙的生物死亡後，就會以地獄界為據點輪迴轉世。

而且，實行該思想的阿里曼、坎達哈等黑暗之神也是存在的。」

想到這一層，令和昭平校長的頭腦和覺悟已經到達極限。其餘的只能請教「太陽會」總帥，大山雄法老師了。

令和校長走向臥室。

讓疲憊了一整天的身體休息休息。

然而，到了淩晨三點左右，「搖動」又開始了。

「如果可以，今天想去看一看平行宇宙。」

令和昭平真心這麼想。因為，沒有比親身體驗更容易解開謎團的方式了。

他的靈體在幽深的森林裡彷徨，甚至還潛入了深海。海底有一條巨大的裂縫，他的靈魂與漩渦般的水流一同，朝地底深處墜落而去。終於，他抵達了海底的最底下，大地出現在眼前。可是世界一片昏暗，到處都是令人毛骨悚然的生物。假如六千五百萬年前，直徑約十公里的隕石沒有墜落在尤卡坦半島，地球沒有籠罩在灰霾中的話，應該到處都是可以生存下來的巨大生物。

甚至還有猛獁象、恐龍和翼龍。

牠們似乎在尋找著通往世間的特異點，尋找著時間和空間的裂縫處。

突然一個念頭閃過，假如現代文明與恐龍時代並存的話，會變成什麼樣子？如果「全球暖化假說」全說中了，這種情況或許會發生。說不定在那之前，平行宇宙的生物就會從特異點飛出來了。

令和校長的靈魂持續了大約一個小時的震撼體驗後，又回到了床上。

妻子仍在左鄰的床上沈睡。

校長猛地坐起身，向主神獻上了祈禱。他知道，要解決超過自己能力範圍的問題，唯有「祈禱」，別無他法。

（八）

下一起事件發生的地點不是眾人有所警戒的井之頭公園，而是附近的善福寺公園。

那天，善福寺公園的池塘中央咕嘟咕嘟地冒出大量氣泡，水面上掀起了波浪。在那裡散步的人不像井之頭公園那麼多，因為它位於名叫西荻的住宅區裡面。

玻璃外牆的咖啡館露臺座位上，長井公平、洋子夫婦正悠閒地享受退休後的人生閒暇。

公平：「偶爾來這個公園散散步，在這家咖啡館用像茶碗的杯子喝咖啡歐蕾，人生就別無所求了啊。」

洋子：「說什麼呢，老公。這麼美的風景，可以拍拍照片，還可以畫下來啊。聽說《知性生活的方法》的作者渡部昇一先生，還有年輕時的大川隆法總裁，也在這片善福寺池的周邊散步過呢。我們也該做點什麼啊。」

三個小學生走到池塘中央附近，手指著氣泡冒出來的地方，嘰嘰喳喳地好像在說些什麼。「快通知消防隊！」「不，快報警！」的聲音隨風飄了過來。

公平：「年輕人啊，對什麼都熱情洋溢的，真好。」

洋子：「開創日本的未來就靠那些孩子們了。」

然而，意外發生了。

突然，一個類似象頭般的東西從池水裡冒了出來，孩子們「啊！」地尖叫著四散奔逃。

那個東西朝岸邊走來。它全身的模樣逐漸清晰起來。牠不是大象，那是猛獁象。猛獁象竟然出現在二十一世紀的日本？

洋子：「老公，拍照！拍照！手機呢？」

公平：「我本來就沒有手機啊。」

洋子：「要是能拍下這麼難得一見的照片，肯定是大新聞！」

公平：「看來我們兩個都應該去醫院檢查一下是否罹患失智症。」

兩個人正說著，猛獁象已穿越過公園，朝著街上咚、咚地大踏步走去。

猛獁象踩扁了汽車、用鼻子甩飛了機車，並且往西荻商店街跑了過去。這一幕超現實景象讓街上的眾人都僵在了原地。

「快報警啊！」

「不，快通知動物園！」

「是自衛隊吧！」

人們七嘴八舌地叫嚷著自己想到的聯繫單位。

總算有輛警車趕了過來，但當他得知對方是一頭全長七公尺的猛獁象後，只用無線電聯絡一下便掉頭逃跑了。

猛獁象找到一間西荻的蔬果店，直接衝了進去。用長長的鼻子把香蕉、蘋果之類的都往嘴裡塞，而巨大的象牙太礙事，把店裡破壞得亂七八糟。上野動物園的職員乘坐直升機趕來，端著麻醉槍準備從空中瞄準發射，但礙於電線，怎麼樣也接近不了目標。

專門負責反恐的二十名機動隊「ＳＡＴ」成員到達現場，無論如何也要在猛獁象橫衝直撞地跑進西荻車站，引發電車事故之前阻止牠。原本應該活捉，可是接連有住戶被破壞，警視總監於是下令射殺。朝日電視臺、日本電視臺、ＮＨＫ等媒體的轉播直升機正在周邊盤旋。

「ＳＡＴ」隊長石川歲三讓自動步槍隊分散在猛獁象前方和側邊的小巷子裡，命令隊員只要靠近到十公尺以內就立刻開槍。與此同時，社區廣播呼籲居民們避難。被數發子彈打中的猛獁象突然衝進某棟大樓的玄關口。

究竟是怎麼回事？明明是新建的鋼筋混凝土結構的大樓，卻輕而易舉地被撞出一個大洞，住在十層樓高的大樓裡的居民成了人質。

動物園的麻醉槍部隊從地面靠攏過來，在大樓門前的馬路上築起一座香蕉山，打算把牠給引過來。

然而，猛獁象用鼻子從大樓裡面的游泳池吸滿水，一股腦地朝麻醉槍部隊和SAT隊員們噴了過去。

牠的威力是動物園裡的大象的三倍以上，好幾個人都被噴飛了。

就在這時，一名神奇的老人出現了。他拄著拐杖，頭戴Dunhill的帽子，脖子上圍著茶色格子圍巾，身穿ETRO的夾克。猛獁象也用鼻子裡的水噴他，可是老人用拐杖一指，水立刻就朝反方向噴回去，嘩嘩地噴到牠的臉上。

老人大聲對猛獁象說：

「你好好聽我說。照這樣下去，你會被射殺的。我把你送回原來的世界吧。」

說完，老人開始將拐杖的一頭向右旋轉。

「劈哩」一聲，空間裂開了。猛獁象就像瞬間移動一般，從大樓中消失了。

老人朝「SAT」隊員們說了聲「辛苦了」，便消失在西荻車站。

隊員A：「到底發生了什麼事？」

隊員B：「那個老人是魔法師嗎？」

隊長石川歲三說道：「聽說警視總監為了預防萬一，去拜託了大山雄法老師幫忙。」

復原工程就交給自衛隊處理吧，「ＳＡＴ」的每個隊員都這麼想。

（九）

校長令和昭平在校長室裡抱著胳膊沉思著。

「我幽體脫離時，在平行宇宙見過的那頭猛獁象，出現在善福寺池。由此可以推測出兩件事。第一個是，有人（外星人、神）以某種方式，破壞了六千五百萬年前墜落在尤卡坦半島的那顆直徑十公里的隕石，或者改變了它的軌跡，以至於目前至少有一個同時存在恐龍的世界。另一個是，有人正在協助我們揭開平行宇宙的祕密。」

其他可以推測的事情是，不僅存在恐龍世界，假如其他時間和空間也同時存在的話，就說明還存在著被稱為「Multiverse」（多重宇宙）的複數存在宇宙。到了這個層次，已經是最尖端的最尖端了，就連SF、最新的宇宙物理學也不明白。

這也是電影《奇異博士》裡的最新世界，雖說日本可能沒有奇異博士，不過大山雄法老師應該在奇異博士之上。

令和凝望著展開的東京都地圖。可以肯定的是，井之頭公園和善福寺公園是「特異點」。那麼，成為下一個「特異點」，有池塘的公園應該會在哪裡呢？假如它靠近東京都的中心區域，肯定會引發更大的恐慌，也會讓平行宇宙的存在進入大眾的視野。一旦如此……

這時，副校長川口龍江敲了敲校長室的門後，走了進來。

川口：「校長，不得了了。『ＨＣＳ』學園關西分校的櫻川步校長打來電話，說琵琶湖出現了尼斯湖水怪一樣的恐龍。」

令和：「什麼，琵琶湖？是啊，我們學校的關西分校也是海景第一排的呀。」

川口：「聽說有人給牠取了名字，叫『琵琶斯』。關西的電視臺等媒體也全亂了套，用手機也能看到影片。」

說著，川口給令和看手機上的影片，確實有個跟尼斯湖水怪一模一樣的生物在湖面上活動。

令和：「琵琶湖不是人造湖，是自古代就形成的。但是，這片南側水域的水深比較平均，都在兩公尺左右，透明度也高。問題在於，這個ＵＭＡ是用鰭游泳，還是用四條腿游泳？用鰭游泳的話，不會造成觀光和漁業以外的損失，倘若牠有四條腿，恐怕就有可能上岸，關西分校和附近城市都很危險。」

川口：「『UMA研究會』的山川部長來了。」

山川：「老師，看來應該是有四條腿。牠不是原本就棲息在那裡的，而是跟善福寺一樣，像是特別出現在那裡的東西。」

令和：「知道了。『UMA研究會』五名成員與兩名顧問，還有身為校長的我，今天就出發去關西出差一週。你們的學分，我會想辦法用『探究創造學科』的學分來抵。各自去準備吧，有什麼需要事先準備的東西，請關西分校去安排吧。」

南：「那個——，我的妹妹在關西分校，家也在關西，可以住在我家。其實我的祖先，據說是曾經參與過退治大江山鬼的四天王之一的坂田金時，南家還有傳家的制伏怪物的祕術。」

南節子眨著像熊貓般圓溜溜的眼睛微笑著。

就這樣，一行八人向關西出發。剛從新幹線的京都站一下車，就拿到了發送的號外。號外上，「殺死琵琶斯！」和「讓琵琶斯把全世界的遊客吸引到關西來！」的兩篇報導互不相讓。八個人坐進一輛小型計程車和一輛中型廂型車，不到一個小時便抵達了「Happy Christ School」（ＨＣＳ）關西分校。

櫻川步校長出來迎接。成員們一邊說明東京的情況，一邊詢問有關「琵琶斯」的問題。

櫻川：「平行宇宙啊，真是太厲害了。」

令和：「殺掉『琵琶斯』比較好，還是用牠吸引遊客比較好？」

櫻川：「畢竟湖深只有兩公尺，牠既不能像在尼斯湖那樣深潛下去，還有可能隨時襲擊觀光船、釣魚船和岸上的人們。目前已經確認牠是四足行走的生物，恐怕兩、三天之內就會上岸。」

山川：「政府、滋賀縣縣長方面有什麼動作？」

櫻川：「反應極其緩慢。縣長是環保派，只要沒出現傷亡就不肯出手干預。」

南：「我認為應該加以消滅。恐怕京都、大阪應該很快就會出現受害事件。」

櫻川：「牠全長有二十公尺左右，連是草食動物還是肉食動物都還不清楚。要是牠只吃琵琶湖裡的魚、水草什麼的，倒還不至於需要加以殺死。但如果居民強烈要求殺死牠的話，恐怕事態就會變得跟航空自衛隊、海上自衛隊、陸上自衛隊的聯合實戰演習一樣了。」

南：「請讓我參與作戰。我會借助祖先的力量制伏怪物。倘若現在不加以制伏，還會出現下一個UMA。」

石渡顧問：「我們以『琵琶湖正心館』為基地，今天晚上一起討論一下。」

八人來到「正心館」，當天晚上開始會議。南節子提議由自己充當誘餌，捕獲甚至殺掉「琵琶斯」。

夏目笑則擔心「自己當誘餌，不危險嗎？」

南說：「美女、日本酒、篝火，再讓烤肉的味道飄散出去的話，到了晚上一定能把牠引來。然後給牠灌酒，讓牠掉進陷阱裡。這是首要目標。如果牠是肉食動物，會接近神似熊貓的美女，而我會在高臺上吹笛子的。這可是『八岐大蛇作戰』。用原始的方法設置好竹槍打倒牠，就像古人一樣。」

男孩們都說不想讓女孩置身於危險中，但南節子卻從容地說：

「假如我不去涉險，自衛隊和警察就不會出手，也無法喚起輿論啊。」

真不愧是曾退治過鬼的家族的血脈。

就這樣，一場危險的賭局即將展開。

（十）

南節子的意見被採納了，「琵琶斯」捕獲作戰正式啟動。

「ＵＭＡ研究會」的山川部長委託業者，在琵琶湖畔合適的沙灘上開挖陷阱。

大地、川邊與「ＨＣＳ」關西分校的學生們一起用竹子搭組高臺，高度是按照「琵琶斯」的脖子長度來計算，八公尺左右應該較為合適。高臺上沒有平臺，所以搭了一個約三坪大小的平臺。這是南節子的要求。節子提議在平臺上準備太鼓和手搖鈴，用太鼓引起牠的注意之後，用鈴鐺的聲音把牠從岸邊引向陷阱。

夏目買了八個日本酒的酒樽，在海灘上一字排開，準備在黃昏時分舉行開鏡餅儀式。

「八岐大蛇捕獲作戰」也引起了當地人的關注，大家都十分配合。

當地的青年團興奮地說：「活捉琵琶斯，放到京都的動物園的籠子裡飼養吧。」山川部長為了以防萬一，瞞著南讓大家悄悄準備好了快艇、潛水夫和水下槍。

南節子站在舞臺上，身穿巫女的衣裝，準備配合CD播放的《木花開耶姬》的歌聲起舞。

山川部長還請木匠們幫忙，準備了二十隻竹槍。並且他為防意外，還請滋賀縣獵友會的四名成員準備好了麻醉槍。

那麼問題是，「琵琶斯」是否會像「八岐大蛇」一樣喝下日本酒，醉成像是一灘爛泥，朝舞臺上的節子靠近，最終落入陷阱呢？按照石渡老師的提案，提前在南節子的腰間纏上半透明的鋼絲繩，一旦發生危險立刻用後方十公尺處的吊車把她吊起來。現在，「琵琶斯」在一公里遠的地方，露出哥吉拉一樣的背鰭，仰著頭。

儘管不知道這隻恐龍對肉是否有反應，大家還是準備了雞肉、牛肉、豬肉，連魚也都準備了，在沙灘上烤了起來。又考慮到牠是草食動物的可能性，便讓人運來了生海帶，準備不停地烤，直到烤成灰為止。

一切準備就緒，拍攝部隊也已就位。剩下的，就是用ＣＤ播放

「八岐大蛇」的歌曲，由令和校長運用念力把ＵＭＡ吸引過來了。晚上七點鐘，作戰開始。

「琵琶斯」慢悠悠地花了三十分鐘左右的時間，慢慢向沙灘靠近。大家吞了口口水，注視著牠。眼看「琵琶斯」距離沙灘只有十公尺了，但牠卻停在了那裡。

「ＵＭＡ研究會」的另一名顧問，理科女老師，山岡老師輕聲說：「以古代恐龍來說，牠的警戒心和智力都超過了預期。是不是在這一百萬年的時間裡進化了？」

恐龍並沒有朝著在八公尺高臺上跳舞的南節子直線前進，就好像察覺到陷阱似地。與大家的期待相反，牠平行移動到了距離沙灘五十公尺左右的地方，從那裡上岸了。

之後牠轉頭朝南節子的方向一步步走去。人類的智力遭到了蔑視。無論誘餌、陷阱，通通無法抓住牠。

終於，「琵琶斯」推倒了竹子搭建的高臺。用來吊起節子的鋼絲繩不知為何鬆脫了。「琵琶斯」剛叼起節子，「呀！」的一聲尖叫刺破了黑夜。恐龍就這麼叼著她，大概往前走了五十公尺，無視於眾人的視線，不急不徐地走進了夜色中的琵琶湖。

作戰計畫徹底失敗，恐龍已經遠在一百公尺外了。不過，預先裝配在節子身上的閃爍燈光和追蹤定位器並沒有失靈。南節子的妹妹南弓子（國三生）大喊：「姐姐！」

大家都沒覺察到的是，這次事件從頭到尾都被自由撰稿人石倉冬介用智慧型手機拍了下來。

手持竹槍的八個男人分別坐在兩艘高速汽艇上，他們是研究會的三名男學生、當地漁民以及潛水夫。

節子身上的燈光在一公里外停止了閃爍，生死未卜。追蹤定位器也在同一位置失靈，「琵琶斯」消失了。

令和校長：「糟了，難道牠不是偶然從平行宇宙來到這裡的？莫非牠還能回去？要是南節子被帶到了全是恐龍的世界，那該怎麼辦！」

雖說已經把失蹤報告交給了警察，但警察也束手無策。

而另一邊，自由撰稿人石倉冬介把影片上傳到網路上，聲稱這是「恐怖學園的輕視人命大作戰」，來散播流言，警示大家「UMA研究會」具有邪教性質。他還可能會幫寫真雜誌寫報導，藉此攻擊學園。

大型報紙在滋賀縣版面上的一小角，刊登了南節子的照片和她被「琵琶斯」帶走的報導。

然而，由於主角「琵琶斯」從琵琶湖失去了蹤影，連找都沒辦法找。水下作業潛水夫們尋找過南節子的遺體，也始終一無所獲。

（十一）

琵琶湖的搜索暫停了。擔任志工的漁夫和警方相關人員繼續每天在琵琶湖周邊巡視，「UMA研究會」則暫且先回京都車站。

但是，在與滋賀縣相鄰的京都，卻爆發了一場騷動。

在過去，帶領區區五十人投宿在本能寺的織田信長，遭到部下明智光秀的襲擊，在住處放火自刎，自此開啟了所謂的「光秀的三日天下」。之後，在豐臣秀吉毅然決意從岡山出發的中國大返還之下，光秀軍大敗，從此時代更迭，他成為了「天下人」。然而，有些歷史學家卻不願意承認，如信長那般有先見之明的人，竟然輕易倒在了叛亂之下。因為有人認為假如信長持續坐擁天下，則會更早迎來明治維新，開國以及文明開化都將提早三百年。

令和昭平等人在京都車站前又拿到了號外。號外上說，本能寺舊址突然開通一條地道，織田信長的上千兵馬從那裡出現在世間。「常識」開始「動搖」了。信長等人的兵馬，手持長槍弓箭殺死數名警察後逃走，目前據守在「清水寺」裡面閉門不出。

山川、川邊追問校長：「怎麼辦？」

校長和兩名顧問商議。

令和：「現在開始進行歷史探究的特別研究課程。我們住宿在車站附近的便宜商務旅館，用三天的時間對清水寺的信長等人展開跟蹤調查。不這麼做就解不開南節子的謎團吧。」

七人來到清水寺附近，機動隊已經出動了。劍道五段的石渡老師很想跟戰國時代的武士比一比，看看他們和現代的自己誰更強。劍道二段的山川部長似乎也想打倒兩、三個對手。空手道二段的大地、高中拳擊東京都大賽亞軍的川邊也是躍躍欲試。大家都不知道的是，其實夏目笑也是合氣道二段。

整體判斷和與信長交涉交給校長和老師們，學生們則換上了劍道服，佩上木刀，戴上護身頭盔及手套，其他人也換上了空手道服和體操服。眾人乘坐大型廂型車，靠近到清水寺的近前。

在清水寺的坡道上，他們從路人那裡打聽到，信長自稱「征夷大將軍」，宣告要以京都為都城。歷史學家們用警車上的麥克風告訴信長，自從他被暗殺後，變成了秀吉、家康的時代，現在已經是明治以後的近現代了。但對方根本聽不進去，信長說：「憑光秀不可能成功討伐我的，秀吉那下僕就更不用說了」。似乎他突破了光秀的包圍網，打算把營地挪進清水寺。

機動隊長南原正直很頭疼，完全不知道該怎麼辦。是該讓首相出面跟信長對話，還是要讓歷史學家決定正史應有的模樣？應該把首都從東京遷到京都嗎？到時候，天皇夫婦需要搬到京都御所嗎？

朝日新聞的採訪直升機盤旋在清水寺周邊的時候，信長部隊射出了火箭，射殺了駕駛員，直升機墜落。ＮＨＫ的直升機則往更高處逃去。

京都市長拿麥克風喊話也毫無作用。劍道五段的石渡老師和二段的山川部長抓住時機，揮舞著木刀衝了進去。

石渡老師怒喝：「我是援軍！援軍！」他也是社會科的老師。二人靠近了本營。他們手裡拿的是木刀，所以對方的戒備心沒那麼高。

信長的小姓頭領，森蘭丸以槍代杖，走了出來。

森：「汝等前來，所為何事？」

石渡：「我想當軍師。恐您不明清水寺現狀。」

森：「正是。設有機關的大蜻蜓（直升機）飛在空中，民眾裝扮亦異。寺廟略有舊貌，然町間民眾居所形似外國人家宅。御庭番眾（指機動隊）手持外國所製之火繩槍，似透明箱籠的牛車遍地行駛。地面無土，似石。」

石渡：「簡而言之，您來到了未來，不，是很久以後的世界。

這是五百年之後的世界啊。」

森：「汝之所言，吾不解者居半，可解者居半。神佛示未來之世於殿下（信長）也。此等不可思議之事，亦非不可思議。殿下乃神佛化身之故也。方才有狂人高聲呼喊『殿下被光秀之流所戮』云云，可有應對之法？」

石渡：「既然來到未來社會，定然有諸多不同之處。」

森：「汝為軍師，其少年可是弟子？」

山川：「正是。若非依師父之言行事，恐有遭那西洋軍隊攻破之虞。」

森：「未來人有如此強悍？喂，來人，持木刀與此少年及其師父比試比試。」

京極指南役走上前，用木刀與山川較量了起來。可惜，山川在第五招被打中了身體。指南役接著又與石渡五段比試。石渡老師接招了三分鐘，最後被對方的木刀刀尖抵住喉嚨，只得低頭行禮：

「我認輸。」

擔心兩人的夏目笑趕了過來。因為是女孩子，誰也沒有防備她。

夏目確認了兩人的安全。

這時，京極指南役從背後用左手拍了一下她的右肩。

就在那一瞬間，夏目笑像是捲住了京極的左腕一樣，將他往空中一摔。京極狼狽地四腳朝天摔在石板上，昏迷了五秒鐘左右。

森蘭丸鼓掌道：「厲害，堪稱女忍（女忍者）。」

「或可助一臂之力。既稱援軍，且將眾將士召來。」

研究會的七個人與信長見面了。

令和校長自稱隊長。

信長說：「展示汝之所長」，令和校長於是讓人把信長愛用的七盞燭臺放到十公尺之外，點上火。只見他單膝跪地，閉眼合掌，使出念力。蠟燭上的火苗左右搖晃了幾下，七盞燭臺便全都熄滅了。

信長說：「甚好，甚好」。那麼，下一步該怎麼辦？團隊的每一個人都陷入了沉思。

（十二）

接著，信長饒富興味地看著身穿護身頭盔、拳擊手套的川邊。

「讓精通棍術的日泰和尚，與戴著膨脹手套之人（川邊）在清水舞臺上比劃一二。」

日泰在長約二點五公尺的木棍一端纏上布，走了出來。他把木棍揮舞得虎虎生風，時而直衝過來。練拳擊的川邊左右閃躲，時而壓低戴著頭盔的頭，躲過木棍。

日泰和尚大喊：「休得猖狂！」將木棍垂直砸了下來。川邊一個跳躍躲過後，開打近身戰。他使出左右勾拳和上勾拳，逼得和尚接連後退。

緊接著，川邊又接連四招打中了和尚的腹部。日泰和尚忍受不住，口吐白沫，向後倒了下去。「高招。」森蘭丸說，「未來人也很強。」

接著被指定的是空手道二段的大地。

對手是鎖鐮高手，高井虎之助。

高井左手持鐮，帶鐵球的鎖鏈纏在右手上。只要能把對手的身體纏住並拉到近前，就能用鐮刀割下頭顱。此番景像正以「清水舞臺的大決戰」為題，由NHK的轉播直升機向全國播出。

HHK記者：「剛才的拳擊選手戰勝了中世紀的棍術。接下來要上場的是鎖鐮，讓我們拭目以待，究竟高中生空手道家能否獲勝。」

躲過第一招，鐵球緊跟著飛過來砸進了木板。大地兩、三步地飛身登上繃緊的鎖鏈，左腿朝著高井的後腦勺就是一個迴旋踢。

對方瞬間失去招架之力，大地又抬起右腿，朝他的天靈蓋送上一記斧劈。

「到此為止。」說這話的是信長。

「足矣！已證明汝等為未來人，盡是前所未見之招式。」

信長大喜。他又看向女生物老師，山岡照子。

信長：「此人可有所長？」

這下校長慌了，說：「她並不是格鬥家，不過對動物及古代生物頗為熟知。」

山岡：「總之，展示些才藝就可以了吧？我現在是高中的理科老師，不過以前在醫學部學過『催眠療法』。讓我對信長大人以及您近身諸位進行集體催眠如何？」

她讓信長等人稍稍靠攏，從懷裡掏出金錶，上面有個三十公分左右的金鎖。

「信長大人，諸位，請盯住這隻金錶。」

說著，她開始左右搖晃金錶，像鐘擺一樣。

「天空中的雲層越來越厚，陰天了。」

她話音剛落，晴朗的天空突然開始烏雲滿佈。

緊接著打起了閃電。

「然後，雲層中出現了龍。」

正如她所說，傳說中的龍從烏雲裡出現了。

「這條龍是會噴火的火龍。」

龍噴著火，繞著清水寺盤旋。

清水寺四處起火，寺廟發生了火災。眾人紛紛想要逃跑，忍不住從清水寺的舞臺上跳了下去。寺廟被烈火吞噬了。

不可思議的是，跳下去的士兵們一個接一個地消失了。

消失人數達到五十人的時候，連信長的本營也開始恐慌了起來。

「沒想到竟有可操控火龍的女導師，令人折服。認輸！認輸！」

見此情景，機動隊長南原正直下令突擊。

「不是未來人的敵手啊！」信長軍說著，一邊放下武器束手就擒。

然而，他們搭上護送車，剛發動沒多久，武士的身體變成半透明，消失了。

不知不覺間，信長的軍隊徹底消失不見。清水寺在烈火中重新顯露出樣貌，烏雲散去，火龍也朝高空飛走了。

京都恢復了二十一世紀的原本模樣。

令和校長對山岡老師說：「太厲害了。您出生在古代的時候，該不會是薩滿吧？」南原隊長向七個人鄭重道謝。

石渡：「回去東京的路上，大家一起來分析琵琶斯和信長軍現象吧。」

南節子的妹妹南弓子也轉學到了東京校區，加入「ＵＭＡ研究會」，繼續尋找姐姐的動向。

（十三）

無論是返回東京的新幹線車廂裡，還是回到東京的學園之後，大家想的都是同一件事。誰都不認為南節子已經死了，而是被琵琶斯一起帶去了平行宇宙。必須制定「營救作戰」，或者想辦法找出從這裡去平行宇宙的方法。

在琵琶湖實行的作戰計畫，被石倉冬介那個老跟宗教作對的自由撰稿人當成「恐怖學園新聞」，持續大肆散播。

另一方面，研究會在清水寺的事蹟受惠於ＮＨＫ的轉播，獲得了很多援助和支持。

「請救救日本」、「請給予我們未來」的聲音也日漸高漲。

作為部長，山川一直關在房間裡想辦法。南節子的妹妹南弓子不停訴說著：「拖得越久姐姐就越有生命危險」，這事大家心知肚明。弓子曾是關西分校弓道部的一員，所以她準備好了弓箭，以及用來擊退恐龍、原始人用的石槍。她的想法是，只要採用恐龍時代的原始人的作戰方法獲得勝利，就會出現跟清水寺一樣的結果，或許姐姐就能從那個世界回到這個世界了。

山川部長則認為，既然事件始於井之頭公園，那麼首先應該搞清楚出現在這裡的小灰人、ＵＦＯ的祕密以及與裏側宇宙的關聯。善福寺公園的猛獁象應當排在第二，琵琶湖事件、信長的出現排第三。解開所有謎團的關鍵，應該就藏在最初的事件裡。

還有，所有事件都與「ＵＭＡ研究會」有所關聯。那麼，必定有人在觀察這一連串的事件。既然如此，假如被當成監視對象的話，應該也有辦法反過來去探查對方。這是自己身為部長的責任，即便自己被帶去南節子所在的世界也在所不惜。

而且，裝配在南節子身上的追蹤定位器顯示，目前她正在從琵琶湖往東京方向移動。雖然不知道她是生是死，但節子的肉體的確在異次元，而且正往東京方向靠近。可以預料的是，琵琶斯在東京附近某處水岸出現的可能性很高。就算不是那樣，也一定要派人前去救助。妹妹南弓子誓言要用弓箭打倒體長二十公尺的恐龍，她是個比姐姐還要單純的行動派。儘管「八岐大蛇作戰」失敗了，但既然對手的智力水準相當於古代生物，那麼成功的機率至少有百分之五十。而且沒制伏琵琶斯也沒關係，只要南節子能夠生還，哪怕琵琶斯還在富士五湖游泳也算是雙方打平。

山川部長把部員們召集起來。

「我們應該在重新追蹤小灰人的同時，找出監視我們的昆蟲型小型機器人。」

這是來自於部長的提議。

於是，以大地、川邊為主，大家開始搜尋學園附近的昆蟲。當時接近暑假，正是昆蟲活躍的季節，搜尋起來卻意外的困難。

夏目笑、南弓子在學園屋頂和校長家的屋頂，安裝了紅外線攝影機。

過了兩、三天，大地在研究室房間的外側紗窗上，發現了一隻停留在上面的公獨角仙。為了不重蹈覆轍，這回，他小心翼翼地、輕輕地抓住，並把它放進了蟲籠裡。

金屬探測器一靠近，獨角仙身上就出現了金屬反應，由此證明它就是外星人的小型機器人。「真想抓一個小灰人回來啊。它們會不會來找這隻獨角仙？」山川部長想。

「校長公宅屋頂的紅外線攝影機，拍到了行動很像河童的物體和小型ＵＦＯ。」夏目前來報告。

「究竟要怎麼做才能抓住小灰人呢？」五個人討論著。根據目前為止掌握到的ＵＭＡ情報，小灰人似乎可以像幽靈一樣自由地穿透牆壁，它們可能有開通異次元隧道的能力。如果真的是這樣，就算做了籠子或者用金屬箱子當陷阱也抓不住它們。有沒有辦法說服它們，讓它們帶我們去平行宇宙呢？說到底，它們從平行宇宙穿梭往來，到底有什麼目的？

教生物的山岡顧問說：

「如果存在著多次元世界，每個世界各自發展不同的文明，那麼對此進行比較分析及報告是非常有價值的工作，這完全能成為它們駕駛ＵＦＯ來到地球的充足理由啊。尤其像我這樣從古代生物研究到現代生物的人，會對這類情報感興趣的。」

這時，蟲籠裡的小型獨角仙機器人頻頻展開翅膀，做出飛行的模擬動作。

「難道它在說『ＹＥＳ』？」山川部長說。

「莫非，可以透過這隻獨角仙機器人跟飼養它的主人對話？」

南弓子說。

南：「獨角仙先生，獨角仙先生，我的姐姐南節子，她還活著嗎？」

獨角仙的屁股像螢火蟲般閃著光。山岡老師說：「似乎這也是『YES』的意思。可能是透過獨角仙的眼睛來傳遞影像、觸角來通訊聯絡。說不定可以跟飼主對話。」

南：「獨角仙先生，獨角仙先生，可不可以幫我們把姐姐救出來？」

獨角仙沒有反應。

山川部長：「看來只能拜託令和校長深夜穿越異次元了。」

這時，隨著砰一聲響，獨角仙化成了一縷煙。

（十四）

令和校長答應了學生們的請求。為了見到南節子，他獻上了成功「穿越異次元」的祈禱。

並且，當晚他在另一個房間裡抱著日本刀睡覺。校長也曾經是開成完全中學的劍道部成員，是劍道三段。他有些後悔自己沒在清水寺參與實戰。不管是平行宇宙的毒蜘蛛，還是琵琶斯，只要日本刀在手就能作戰。即使殺了牠們救出南節子，任誰都不會有異議。

在辦公室沙發上，抱著日本刀睡著的令和校長，在深夜三點多，「那個」來了。他的雙腳腳趾不停打顫，沒握刀的右手也開始顫動。無論如何也要把刀帶過去，所以左手緊緊握著日本刀。校長的靈體慢慢坐起身來，蘊含武士之魂的日本刀也牢牢地握在左手。校長的靈魂像潛水一樣，朝深深的海底潛去。水流如漩渦般開始捲動，但他絲毫沒有因為缺氧而感到難受。既然是靈體，這是理所當然的吧。

終於衝破水底時，一片原始時代的景色在眼前展開。蘆葦溼地、湖面，都很有既視感，這是因為平行宇宙裡的琵琶湖移動到了東京地下的緣故。猛然一看，南弓子彎著腰，正穿越右前方蘆葦溼地。看來，她思念姐姐的執念，讓她在深夜成功的幽體脫離了。往前走了一會兒，他看到琵琶斯正在岸邊休息，南節子也在恐龍的背上睡著。

「現在怎麼辦？」校長有些苦惱。

然而不出三十秒，妹妹南弓子已拉滿弓，一箭命中琵琶斯的右眼。琵琶斯突然使勁地甩著頭。箭拔不出來。牠朝人類的方向轉過頭，南弓子射出第二支箭，命中了琵琶斯的左眼。好精湛的技術，不愧是坂田金時的子孫、關西大賽的冠軍得主。

雖然眼睛看不見，但琵琶斯還是衝了過來，因為牠用人類的氣味辨別方位。

不知為何，姐姐南節子就像被膠水黏住了一樣，一動也不動地趴在牠的背上。

令和校長心想，必須避免讓琵琶斯逃進湖中，倒不如讓牠朝岸邊攻擊過來。

再看弓子，她已經做好下一次攻擊的準備了。她把帶箭羽的石槍朝著琵琶斯的喉嚨扔過去。這次也一擊命中，石槍刺中恐龍，貫穿在脖子上。

「多麼驚人的本事啊！」校長瞠目結舌。

但是，儘管刺瞎了牠的眼睛，但讓牠逃回湖裡的話就等於營救作戰失敗。

令和校長效仿阿帕契族的樣子，右手掩在嘴上一開一合，發出「噢、噢、噢、噢」的吶喊聲，挑釁琵琶斯。那傢伙兩眼流著血，朝令和校長衝了過來。

不知為什麼，身體好輕。既然是靈體，倒也理所當然。校長跳起來在半空中一個迴轉，落到了琵琶斯的脖子上。他拔出天下名劍，斬落了琵琶斯的頭顱。雖說牠全長二十公尺，脖子的直徑卻只有五十公分左右。從齒形來看，應該是草食恐龍。

琵琶斯的頭顱掉落在地上，恐龍膝蓋著地，癱倒下去。

校長三步併作兩步趕到恐龍的背上。南節子雖然很虛弱，但還活著。

「太好了，太好了。」

將她慢慢地從恐龍背上放下來時，妹妹弓子跑過來，緊緊地抱住了她。

「姐姐，我是弓子，我來救妳了！」

節子：「謝謝，謝謝妳來救我。」

節子急促地喘著氣，努力擠出聲音答道。

校長說：「請妳們兩個抱緊對方，我會把妳們傳送到我家客廳。」

他集中起剩餘的精神力量，運用念動力把二人傳送了回去。

南氏姐妹出現在校長公宅的客廳裡。校長的妻子美津子聽到動靜，起身走過來。

美津子拿來了浴巾和浴袍，悉心照顧節子。

不久，其他成員們聽到消息也一起趕了過來。

山川部長：「營救成功了？」

弓子把與琵琶斯的交戰經過，向大家敘述了一遍。

川邊說道：「話說，校長怎麼還沒回來？」

大家都樂觀地覺得校長很快就會回來的。

不管怎麼說，時隔數日，南節子終於平安歸來了，大家都很高興。

然而，關鍵的令和校長由於耗盡了精神力量，仍在琵琶斯的旁邊調整呼吸。他的右手還握著染了血的刀。

就在這時，一根蜘蛛絲不知從哪裡飛了過來，一圈一圈地纏繞在他的身上。

蜘蛛絲一邊發出嗡嗡聲，一邊把令和的身體往山的方向拖去。是那隻毒蜘蛛，拐走兒子「和義」的那隻。難道牠是來報仇的？

令和校長的身體被拖進了山洞裡。

一個小時過去了，令和校長還沒回來，大家開始擔心了起來。

擁有靈感的長女美和子（十一歲）施展遠距透視。

「啊，爸爸跟和義一樣，被毒蜘蛛抓住了！」

難題再度降臨。

（十五）

「ＵＭＡ研究會」的八名成員、校長的家人和校醫聚集在校長家。

校醫鴨大吉老師，五十歲。診療過令和校長的肉體後，說：

「把他帶去醫院的話，應該會被判定已經死亡。心臟停止跳動，也沒有呼吸。不過，我作為『ＨＣＳ』學園的校醫，不得不承認幽體脫離這件事，只是不知道這個狀態能維持幾天。柏拉圖的《國家》篇裡寫到，一個名叫艾爾的年輕人死後的第二週，人們架起柴堆準備火葬他的時候，他突然甦醒過來，開始講述靈界的見聞錄，由此看來，最多兩個星期吧。北歐的靈能者斯威登堡，曾創下幽體脫離一星期的記錄。現在是夏天，肉體容易受損，請在床的四周放些保冷劑，溫度保持在十度到十五度之間。因為醫院會判定已經死亡，所以大家只能祈禱他甦醒了。」

等待是漫長的忍耐。但是，儘管營救南節子花費了一個星期的時間，但她畢竟恢復了活力、健康。她祈禱自己的救命恩人令和校長平安無事，妹妹弓子也這樣祈禱著。

校長如今正在跟毒蜘蛛交戰嗎？他能憑藉自己的力量脫身嗎？還是需要援軍？聽弓子說，校長用日本刀的名刀「虎徹」斬落了琵琶斯的頭顱，也就是說，大概沒有比他自己更強悍的援軍了。「虎徹」曾經是新選組近藤勇的愛刀，是一把斬斷其他日本刀也不在話下的名品。根據弓子的推測，即便被毒蜘蛛用蜘蛛絲困住，因為日本刀應該沒有離手，只要恢復了氣力和體力，校長應該就能夠自行反擊。

此外，美和子在遠距透視時聽到校長說：「不要來救我，營救學生是老師的使命，自己即使拚死一搏也無所畏懼。」

另一邊，在平行宇宙的山洞裡，被纏在巨大蜘蛛網上的校長的靈體正思考著。

「在大山雄法老師的指導下，自己覺悟雖低，卻擁有了如此這般的超能力。比起自己的性命獲救，我更想揭開這隻毒蜘蛛的真面目和平行宇宙的祕密。捨死忘生，才是武士道的初衷。」他這樣想著，雖然身體被蜘蛛絲纏住動彈不得，思考能力卻逐漸恢復中。

蜘蛛網的直徑約十二公尺左右，抓住自己的塔蘭圖拉蛛（毒蜘蛛）的全長約八公尺。在今後的研究中，有必要調查清楚這樣的毒蜘蛛是否只有一隻。校長的靈能力逐漸恢復，研究會所有人的祈禱也傳送到了，勇氣的能量正源源不斷地注入進來。

現在抓住自己的傢伙叫做「Queen Moon」，統一教會的文鮮明教祖及其妻子似乎在長達數十年的時間裡，對牠進行了遠距指導。其目的似乎是要佔領日本，讓日本成為韓國的附屬國，成為「夏娃國」，自己則建立統一的朝鮮，作為「亞當國」而君臨天下。文鮮明目前在地球靈界的無間地獄裡，在山洞中化成毒蜘蛛的模樣，對世間產生影響。據說有十多名日本的國會議員，被束縛在靈界的蜘蛛網上。

但是，令和校長通過靈視，發現在另一個山洞深處裡，有一隻名為「King Kim」的大型毒蜘蛛。這是一隻連續對三代的北韓領導人進行遠距靈性指導的塔蘭圖拉蛛，全長十三公尺，是打造出那位「金日成」的塔蘭圖拉蛛。第一代領導人金日成自己也墮入了地獄的底層，在無間地獄裡的另一個洞窟裡變成了毒蜘蛛。

牠還連續指導世間的金正日、金正恩的兩代領導人。北韓的核開發和彈道導彈威脅都由此而來。

並且，由於平行宇宙的毒蜘蛛是所謂的外星人，因而地球系靈團的天使們很難出手干預。這就是朝鮮半島的靈性真相嗎？令和校長決定，為了守護學園，保衛祖國日本，捍衛真正的世界和平，他要與外星人・毒蜘蛛決一死戰，哪怕以身殉職也在所不惜。如果這麼做能拯救數百萬人的生命，阻止核戰的話，自己的性命輕如鴻毛。

但他們不會是單獨存在的，必定與惡質外星人有所勾結。

令和校長調整好呼吸，並進一步提高靈能力的靈敏度。

「果然如此。井之頭公園的池塘成了特異點，暗黑宇宙的生命體透過那裡，往來於世間與平行宇宙之間。

照這麼看來，井之頭公園旁邊建起的『ＨＣＳ』學園對它們來說是個妨礙，相當於自己犯下的惡行盡在監視之中。」

校長悟到了自己的使命。

只要制伏抓住自己的「Queen Moon」就能挽救日本政治。並且，只要打倒「King Kim」，就能避免朝鮮半島與日本之間爆發核戰。

緊急關頭只能借助大山雄法老師的力量，不過自己單打獨鬥的時候能夠做些什麼呢？當下，正是「不惜身命」之時。

他在心中向妻兒道別。

「再見了。我想把自我犧牲的精神，留給學園的學生們。」

在臥室裡，長女美和子將這份慈父之心，都告訴了大家。

（十六）

巨大的蜘蛛唰唰唰地爬了過來，來看看令和昭平衰弱到什麼程度。牠打算等令和昭平夠衰弱後，就用毒針一下子了結他，再將他大口吃掉，把他的「靈魂」都吸收過來。

令和校長假裝自己已經昏倒。他聞到了湊過來的大蜘蛛的臭味，那是擺放屍體之處的味道。

塔蘭圖拉蛛用八隻腳中的左前爪尖，刺進了令和的側腹部。明明靈體應該不會流血的，鮮血卻從左側腹流了出來。

世間的令和肉體的左側腹上也破了一個洞，鮮血汩汩而出，所有人都「哇」的大吃一驚。妻子美津子搖晃他的雙肩：「老公，你沒事吧？」

令和腦海中正思考的是，對方雖說是毒蜘蛛，應該也是外星人。什麼樣的反擊行之有效，什麼樣的靈能量不適用，將是人類的首次實驗。

接著，塔蘭圖拉蛛又用右前爪尖，試探地刺了一下被蜘蛛絲纏住的校長。校長的身體又被刺破了一個洞，滴滴答答地流出鮮血。世間肉體的右側腹上也破了一個洞，流出了血。

山川部長和大地、川邊等人感到怒不可遏。

「我們能不能也去平行宇宙？」

「為什麼只有弓子能去到平行宇宙呢？」

弓子左右看了看，回答道：「因為我實在、實在太想救姐姐了。」

但是，長女美和子解釋道：「爸爸再三叮囑不想讓學生們以身犯險，他一定有自己的考慮。」

山川部長說：「但是從傷口和血跡來看，校長肯定被塔蘭圖拉蛛攻擊了。」

於是所有人再次進行祈禱，祈禱蜘蛛絲斷掉。

捆住校長四肢的幾根蜘蛛絲啪地一聲斷了。

令和轉身，用愛刀從塔蘭圖拉蛛的兩隻前腳的爪尖處斬了下去。

塔蘭圖拉蛛驚呼地「吱！」的發出不可思議的叫聲，往後退了一公尺。校長從山洞的漆黑地面上站了起來。

接著，他用寒光凜凜的日本刀，朝牠的嘴巴斬下去，幾乎在同一時間，塔蘭圖拉蛛的嘴裡吐出了黏液狀的六根白絲。日本刀只差一點就能把「Queen Moon」的嘴巴斬落下來。

校長收回刀，開始搗毀掛在周圍洞穴裡的蜘蛛網，掛在洞穴牆壁上的粗絲紛紛被砍了下來。塔蘭圖拉蛛朝蜘蛛絲深處退去。

然而這一次，從黏糊糊的洞穴地面長出了好幾條巨大蚯蚓一樣的觸手，捲住了令和的腰腿。令和斬斷了好幾條蚯蚓頭的前端。

突然，他聽到一聲：「到此為止吧。」一他轉頭往旁邊看去，大山雄法老師以雨傘為杖，走了出來。

「做得不錯。但是，對方是變幻莫測的宇宙生物，毒蜘蛛並不是牠的真面目。這個山洞裡的洞穴也不過是連接ＵＦＯ的其中一個通道而已。該我上場了。」

大山老師啪的一聲撐開傘，開始旋轉起來，山洞中頓時散射出彩虹色的光。

塔蘭圖拉蛛的氣孔發出「啾」的聲音，並冒出煙來。

大山老師敲了敲雨傘，傘尖指著塔蘭圖拉蛛，發射出雷一般的靈流光線。

霎時間，「Queen Moon」縮成了一塊一公尺左右的焦炭。

令和：「老師，現在是給牠最後一擊的好時機。」

大山：「不，這個洞窟會整個變成ＵＦＯ，把我們都帶到暗黑宇宙那邊去的。還是三十六計走為上策的好。」

說著，大山老師把傘插進了地面。

地面赫然出現了一個一公尺左右的窟窿。

大山老師碰一下跳了下去：「來吧，快逃。」

沒辦法，令和也一起跳了下去。

跳到岩石表面上的兩個人，朝原野的方向跑去。本以為看來像是山的東西開始變形，逐漸顯露出兩架巨大的黑色圓盤。

大山：「那兩架ＵＦＯ是操控韓國和北韓的司令船。徹底摧毀它，即意味著地上將爆發毀滅式的朝鮮戰爭。此事需要與更高層的外星人商量，還要同美國的眾神們進行對話，這些事情超越了你的任務範圍。你受傷了吧？為了家人和研究會的所有人，目前最要緊的是平安地活著回去。」

令和校長的四周刮起了龍捲風，把他往上方帶去。
大山雄法老師揮了揮 Dunhill 的帽子，目送著他。
臥室裡的令和昭平甦醒了過來。
美津子：「老公，你沒事吧？」
校長：「算是吧。」
美和子：「大山老師在關鍵時刻去救您了啊。」
校長：「真想用日本刀把塔蘭圖拉蛛砍成兩半啊。」
所有人異口同聲：「校長先生，您沒事就好！」

（十七）

校長靜養了兩、三天之後，在腹部纏著繃帶的狀態下，終於可以下床走路了。

由於接近期末考試，朝會上，他講了頗具校長風範的一席話：「為了在考試上充分展現一整個學期的成果，過一個充實的暑假，各位要規劃好學期結束後的計畫。」

不過，學生們看校長走路的樣子，皆紛紛猜測：「校長是不是受傷了？」

流言傳著傳著，煞有介事地演變成是校長自己爬到樹上採集獨角仙的時候，從樹上掉下來才受傷的。研究會的成員們個個都口風很緊，不透露任何祕密。

但是還有很多學生們感到疑惑，為什麼南節子過了一個多星期才從關西回來，而且連她的妹妹也轉學過來了。

石倉冬介參與策劃的週刊《半開玩笑》的版面上報導了「琵琶斯事件」，還散播南節子被琵琶斯帶走的影片。很多人都來打聽，學生們也不知如何回應，感到十分困擾。所幸南節子平安無事，不過眾人在清水寺與信長軍對戰的情形被ＮＨＫ電視臺轉播了出去。石倉等人企圖給「ＨＣＳ學園」戴上「神祕學園」的帽子，大肆散播謠言。

川口龍江副校長正氣凜然地說：

「人生當中會遭逢各種事情，在遇到困難之事時，就抱持著信仰加以克服吧。並且要拿出『自助精神』和『獨立精神』，堅決對抗歧視第二代信徒的媒體言論，以及聲稱相信宗教之人正遭受虐待的唯物論勢力。就一個獨立之人來說，自主、自立的精神非常重要。知識也固然重要，但具備『知』、『仁』、『勇』，方才讓自己產生德，各位也要成長為一位有德之人。」

然而，石倉等無神論記者們仍舊以學園作文章。因為在世間興風作浪不但能增加收入，還能出名。一名記者利用大眾媒體揭露某教團罪行的新聞為機會，頻頻在電視上露臉當名嘴，甚至還因此當上了政治家，這也是石倉等人夢寐以求的利益。

某天晚上，石倉為了搜集素材，在學園周圍徘徊著。這時，井之頭池塘的中央部分升起了霧。石倉覺得奇怪，便舉起夜間拍攝用的照相機，等待按快門的時機。他事先已經掌握了學園的學生們晚上會在這片池塘進行科學實驗的傳言。

一個十公尺左右的圓盤從霧裡冒了出來，石倉大驚失色，拚命地按快門。

然後，三個身高一百二十公分左右，長著黑色杏核眼，被稱為「小灰人」的生化型外星人，彷彿是跳躍著般出現在一座透明的橋上。石倉著迷似地繼續拍攝。

但他被小灰人們發現了。

「反正這應該像小孩子穿上萬聖節玩偶服一樣，打算用這身裝扮去嚇唬人的吧。」

他自己身高一百七十公分左右，體格比他們大，以前還練過柔道，把三個孩子扔出去不成問題。他心想，說不定還能把那裝模作樣的衣服扒下來，讓他們暴露原形。

然而，走在前頭的一個小灰人用右手中指指了指石倉，石倉立刻浮到了半空中。並且，就在他像蝶泳一樣在空中掙扎的時候，小型ＵＦＯ直接把他吸了進去，一切都發生在一瞬間。ＵＦＯ朝井之頭池塘的池底射出一道光束，水面馬上出現了一個水井般的大洞，池水被看不見的牆壁擋在了外側。

直徑十公尺左右的ＵＦＯ被吸進了池底之後，洞口關閉了。地下有個網球場大小左右的基地。

不管石倉怎麼叫喊「不會吧！不會吧！」三個小灰人根本不理

會他。旁邊有個醫療用的帳篷，他被帶到了裡面。裡面有個金屬手術臺，他被強迫仰躺在上面，雙手手腕和雙腳腳踝都被皮質的束帶捆住了，頭上有個手術臺用的大型照明器具。

兩名身穿大白袍的小灰人像戴手套一樣，單手戴著一個直徑約三十公分的圓盤，看樣子是在掃描石倉的全身。類似電視機的機器上，正一一顯示出石倉的身體資訊。

「這個傢伙可以用。」石倉感覺好像聽到了小灰人內心的聲音。

石倉發狂道：「你們是要把老子我當成牛排吃掉嗎！」

他又聽到：「這個男人，極端的探究心強、疑心深重，而且擅於騙人，傷害了別人也不會被良心譴責。他是裏側宇宙攻擊隊員的最佳人選。」

石倉：「喂，你們想把老子怎麼樣啊？小心我把你們寫成罪犯！我要報警！」

小灰人A：「這個傢伙的肉體用不著，讓爬蟲類型外星人們吃了吧。把他的頭腦取出來，製造新的小灰人吧。」

石倉：「你們是地獄裡的鬼嗎？」

小灰人B：「把那邊的電鋸拿過來。」

天花板上垂下來的金屬手臂，遞來了一個直徑約十公分的電鋸。

他的胳膊被注射了麻醉劑，意識開始昏沉。在電鋸發出「嘰！」的聲音中，石倉的頭蓋骨被掀開，露出了腦組織。戴上橡膠手套的小灰人用雙手把石倉的腦組織取出來，放進玻璃容器裡。

接著，等在一旁尚未啟動的小灰人的生化機器被拉了過來。石倉的大腦持續發出恐懼的訊號，其他小灰人則毫不留情地進行接續手術，把石倉的腦組織移植到了頭部空蕩蕩的小灰人身體上。所幸的是，手術成功了。

小灰人Ｃ：「打開電流，檢查接續情況。」

不知為何，失去腦組織的石倉的身體出現了類似青蛙的條件反射，雙手雙腳不停地抖動著。

小灰人Ａ：「接續良好。」

小灰人Ｄ：「那就讓洗腦專家來教育他，讓他記住作為外星人的使命和自覺。」

小灰人B：「肉體的話，請把它切成塊，送給UFO駕駛員的爬蟲類型外星人．SX當宵夜吧。」

就這樣，石倉被改造成了一具外星人的生化人。

隔天，他的照相機被一個晨跑的人撿到，送到了派出所。那些照片作為石倉最後的工作，刊登在週刊《半開玩笑》上，而他的失蹤情況報告也被交給了警察。

另一邊，學園屋頂上的攝影機拍到了霧氣、UFO、三個小灰人、拍照片的石倉、他被帶進UFO的模樣以及UFO消失在池底的情形。

「UMA研究會」看到這些照片，得知石倉被UFO綁架了。

不過令人難過的是，沒有任何一個人擔心他。每年都有數十人失蹤，他不過是其中之一罷了。
或許，只剩「大腦」還活著，對他來說是一種幸福吧。

（十八）

今天是一學期的最後一天，結業式在體育館舉行，「太陽會」總帥大山雄法老師也作為來賓親臨現場。

明天就放暑假了。除了高三生，應該沒多少人留在宿舍。

儀式結束後，連續稱霸全國冠軍的啦啦隊鋪花路、拉彩帶，夾道歡送大山老人。大山老人放鬆了儀態，十分高興的樣子。

不過，他沒有直接回去。

他與「ＵＭＡ研究會」的六名學生、兩名顧問和校長，共計九人一起討論。

大山：「也許今天，『它』會出現。」

令和：「怎麼回事？」

大山：「你們鬆懈下來了。」

石渡顧問：「今天一整天，我們會繃緊神經的。」

山岡顧問：「我也是，只要能幫上忙，我什麼都願意做。」

大山：「日本的危機開始了。就連國會，修憲勢力迫於媒體輿論的壓力，會宣告非戰中立，真正的危機就此開始。世界將再次一分為二，新的考驗也將開始。我也想救助國民，但有些人一旦獲救，就馬上鬆了一口氣，連日本的危機等之類的都忘了。」

令和：「若有什麼可以交由我們準備的，請儘管吩咐。」

大山：「傍晚之前請準備好一星期的水、食物、飲料、替換衣物和醫藥品，多準備些煮飯用的東西和傷病人士用的藥品。可能體育館會變成避難所，記得多準備些手電筒。」

令和：「是有災害要發生了嗎？」

大山：「可以這麼說。」

令和：「最好讓學生們留在學校裡面嗎？」

大山：「很久沒用到疏散這個詞了，能回老家的人儘快讓他們回去吧。」

大家開始分頭準備。

傍晚，霧漸漸地越來越濃。

大山：「終於來了啊。」

霧氣籠罩在距地表一百公尺的地方，數根火柱從吉祥寺街頭噴湧而出，好幾棟大樓都發生了火災，消防車也出動了。從霧氣中，出現了霸王龍、三角龍等等，並開始破壞路面上的商店街。

大山：「這是來自平行宇宙的第一次正式進攻，之前的都是練習。」

山川部長：「我們能做些什麼？」

大山：「將不同路線發展而來的文明和你們的文明互相比較之後，做出正確的判斷，選擇出一條為人的正確之道。」

難以置信，出現在第二次世界大戰末期的美軍B29轟炸機，竟開始對東京進行地毯式轟炸。

鋼筋混凝土的建築物比八十年前增加許多，所以不會像當年的木造房屋般燃燒，但坍塌的高樓大廈依然堆成一座座殘垣瓦礫的山。

自衛隊的戰機雖然也緊急出動前來迎擊，但美軍進行的東京大空襲依然令他們難掩震驚之色。

不過，畢竟是最先進的戰鬥機，他們把美軍的格拉曼戰鬥機一架架地擊落，連B29也被自衛隊的導彈擊落了。

只是，當名叫「無齒翼龍」的古代翼龍出現的時候，連自衛隊都不敢相信自己的眼睛。現在究竟是哪個時代？翼龍把在地面上逃竄的人們一個個抓走。

翼龍還接連撞落了JAL、ANA的客機。

與此同時，足足有四十公尺的巨型蟒蛇，從地面裂縫裡鑽了出來，把孩子們一個個吞進肚子裡。

大山：「這是宇宙法則的一個面向。若推行個人主義，則唯有弱肉強食。想要開創一個相互友愛、共存共榮的社會，需要付出極大的努力。因此才需要優秀的思想、哲學、法律，還需要教育。」

啊，難以置信。接下來，一大群的ＵＦＯ蜂擁而至。面對它們，連自衛隊也毫無勝算。

ＵＦＯ主要使用的武器是光線砲，它們以東京的高樓大廈為中心，大肆破壞著。

令和：「我們究竟做錯了什麼？」

大山：「什麼也沒做錯。不過，平行宇宙並非只有一個。Multiverse（多重宇宙）是真的，時間、空間完全迥異的宇宙是同時存在的。不要以為當前世界是理所當然的，也要考慮到生活在其他世界的生物，這是神意。」

日本再次淪為廢墟。電視臺、報社的周邊出現了巨型ＵＦＯ，並在他們眼前進行攻擊。作為「日本常識」的「和平概念」本身正在「動搖」。

大山：「看來，一億兩千五百萬的人口會減少到八千萬人。到時候，將會誕生嶄新的思想。」

東京的街頭，到處上演著時代與時代交錯的戰鬥。

（十九）

隨著大量ＵＦＯ的出現，日本的常識開始搖搖欲墜。誰也沒有想到，至今為止自己視而不見、一笑置之的東西，突然變成了赤裸裸的現實。

無論是學校教育還是大學教育，都不願教導真相。就連媒體這種高學歷人才齊聚的掌握權威的機構，也一直在默無聲息地扼殺事實和真相。這數十年來，只對眼前觸之可及之物感興趣的行為所導致的惡果，實在巨大。

並且，明明大救世主已然降臨於人世，人們卻把凡人的評論家、作家、學者、媒體記者當成有見識的人推崇備至，這在人類史上屬於「思想犯」。

當人類只把自己看成是動物的進化形，且把肉體生存在人世間視為最高價值時，讓靈魂的一部分分光，創造出人類的神明內心充滿了悲傷。

宗教當中，固然有毒害大眾的邪教，但也有傳播真正神佛教義的宗教。當難以分辨「玉」與「石」的時候，教主就知道「時候到了」。神既有溫和的「慈悲的一面」，也有嚴苛的「裁罰的一面」。當人類以為凡事都屬於個人的「自由」而放棄「責任」之時，就撞上了成長的天花板。此外，當受惡魔操縱的獨裁者掌權的國家越來越多的時候，就會加速天崩地裂，食物和水都會出現危機。發生火山爆發、大地震、大洪水、海嘯、謎之疫病的時候，人類應該誠實地把它當成反省的機會。每到這時，必定有傳達神之聲音的預言家或者大救世主會出現在世界某處。對於聲稱「正是因為有不同的宗教，所以才會引發戰爭」而散播無神論之人，鐵鎚將毫不留情地落下。另外，迫害正確宗教的人們和民族，必遭神罰。人類必須變得更加謙虛才行。

於是，三天之內，由異次元世界發起的第一波攻擊，將日本的中心區域摧毀殆盡，世界的其他主要國家也發生了與日本類似的現象。

並且，令和校長在平行宇宙見過的那隻巨型毒蜘蛛變身成兩架母船型ＵＦＯ出現了。可以清楚地看到，一架漆黑的ＵＦＯ背面印著「N」字，另一架漆黑的UFO背面則印著「S」的字樣。

想來，那應該是North Korea和South Korea的第一個字母吧。圓盤的邊緣上閃爍的燈光，彷彿是毒蜘蛛的眼睛在閃著光。牠們在東京鐵塔和第二高塔上架起了蜘蛛網，接著又在霞關官廳街架起巨大的蜘蛛網，不讓在那裡工作的人們逃出來。

北韓和韓國看上去像是相互對立的敵國，其實他們滿腦子都是恨不得毀滅日本的怨恨。大概，他們想親手讓「大日本帝國」再一次徹底覆滅吧。

就這一點，大山雄法老師早已了然於胸。

大山：「令和校長，那時在平行宇宙的山洞裡不能做的事情，現在可以做了。」

令和：「老師，東京鐵塔、第二高塔、霞關等日本中樞都已經被重重包圍了，首相官邸大概也難以倖免。首都高速公路在前幾天的襲擊中已經近乎全線癱瘓，現在我們能做些什麼？」

大山：「毒蜘蛛討厭什麼？」

令和：「應該是噴火器吧。還有，對颱風的抵抗力也比較弱。」

大山：「火攻、水攻、風攻啊，來試試看吧。」

大山雄法老師登上學園的屋頂，雙臂高高的向天空張開。

巨大的雷電落在兩架黑色UFO上。這是「雷電打擊」。

令和感覺，大山老師宛如舊約聖經裡的摩西一樣。

兩架大型UFO的內部顯然發生了火災。

大山：「接下來是水攻。」

他朝東京灣方向高高地伸出右手，東京灣的海水竟然變成了兩個直徑約兩百公尺的大球，浮在空中。

弓道部的南弓子戳著姐姐，小聲地嘀咕：「咦，會怎麼樣？會怎麼樣？」

姐姐南節子低聲說：「應該會好心地幫那兩架ＵＦＯ撲滅火災吧。」

東京灣海水凝結成的大水球，在巨型ＵＦＯ的上方停了下來，然後，「嘩啦」一下直接命中，兩架塔蘭圖拉蛛ＵＦＯ朝高樓衝過去，遭到了嚴重損壞。

大山：「那麼，最後是風了。」

他把手裡的手杖指向空中，向右旋轉起來。

天上的雲開始旋轉成漩渦。突然，東京上空出現巨大的颱風，風速達到了六十公尺。

坍塌的大樓瓦礫都被吹飛了起來，兩架黑色圓盤也被風捲了起來，升到了空中。

山川部長問：「這是要做什麼？」

大山：「各自送到首爾上空和平壤上空，讓它們在總統府的正上方一千公尺處垂直落下。」

大地：「會砸得粉碎吧。」

川邊：「所謂因果報應啊。平行宇宙裡竟然存在那樣的塔蘭圖拉蛛，看來世間居民的整體思想也差不多吧。」

大山：「看來你有些明白了呢。」

颱風過後，圓盤機群從東京上空消失了，霧氣也消失殆盡。過去的巨型動物的屍骸也逐漸變得透明起來，大概是移動到其他世界裡去了吧。

日本迎來了片刻的和平。

但是，大山沒有忘記要對人們做以下的叮囑：

「這是從平行宇宙發起的第一次襲擊。或許，下一次免不了要與中國一決勝負了。那將是全世界核戰爭的危機，如果世界仍舊像目前這樣一分為二的局面，恐怕無法阻止它。

各位年輕人，請為改變世界而努力吧。」

大山結束了初步的任務，準備回去了。

山川部長：「到時候，大山老師還會為我們出戰嗎？」

大山：「如果我還健在的話。要是我回天上界了，將會告訴你原始之神也統治著多元宇宙。」

眾人：「謝謝。」

（完）

後記

各位可以把這本書姑且當成虛構小說來讀。

但是，在小說的背景當中，隱藏著眾多真相。

故事內容是，學園的「ＵＭＡ研究會」的男、女學生們以及老師們，為了保護學園而開始著手展開的研究，既為解開 Parallel World（平行宇宙）、Multiverse（多重宇宙）做出了貢獻，也解除了日本的危機和人類的危機。

我希望能賦予少男、少女和年輕人們夢想，因此在故事中加入

SF、恐怖色彩和超能力元素，也把故事情節設計得驚險又刺激。

我抱著每一個人都成為未來的小小英雄的願望，而寫下了這本書。希望讀者能從中學習到友情與齊心協力的力量有多麼重要。並且，我希望各位對未知的事物不要只感到恐懼，而是要成為一個勇於與之抗衡、解決難題的人，這也是創作者的初衷。

你的人生觀，是否因為讀了本書而「動搖」了呢？

二〇二二年　十月十日

幸福科學集團創立者兼總裁　大川隆法

◆◆◆ 大川隆法「法系列」◆◆◆

太陽之法
邁向愛爾康大靈之路

太陽之法

法系列
第1卷

定價400元

基本三法的第一本

本書明快地述說了創世紀、愛的階段、覺悟的進程、文明的流轉，並揭示了主・愛爾康大靈的真實使命，同時也是佛法真理的基本書。《太陽之法》目前已有23種語言的版本，更是全球累計銷售突破1000萬本的暢銷作品。

第一章	太陽昇起之時	第四章	悟之極致
第二章	佛法真理的昇華	第五章	黃金時代
第三章	愛的大河	第六章	愛爾康大靈之路

大川隆法描繪的小說世界・**新感覺之靈性小說**

《小說 十字架の女》是宗教家・大川隆法先生全新創作的系列小說。謎樣的連續殺人事件、混亂困惑的世界、嶄新的未來、以及那跨越遙遠時空——。

描繪一名「聖女」多舛的運命，新感覺之靈性小說。

小說 十字架の女①〈神祕編〉

神祕的連續殺人事件
與美麗的聖女
女子所背負的，
是「光」、
抑或「闇」——。

小說 十字架の女②〈復活編〉

小說 十字架の女③〈宇宙編〉

大川隆法作品．最新作品

現代武士道

從平凡出發

正是在這不安、混亂的時代，就越是要以超越私利私欲的勇氣之姿迎戰。
本書清楚究明淵源流長的武士道，並訴說不分東西，自古延續至今的武士道精神——貫徹「真劍勝負」、「一日一生」、「誠」的精神。

第一章　武士道的根本—武士道的源流
第二章　現代武士道
第三章　現代武士道 回答提問

現代武士道

定價380元

天御祖神的降臨

記載在古代文獻《秀真政傳紀》中的創造神

三萬年前，日本文明早已存在——？！
回溯日本民族之起始，超越歷史定論，究明日本的根源、神道的祕密，以及與宇宙的關係。揭開失落的日本超古代史的「究極之謎」！

PART Ⅰ　天御祖神的降臨 古代文獻《秀真政傳紀》記載之創造神
第1章　天御祖神是何種存在
第2章　探索日本文明的起源
　　　　天御祖神的降臨
PART Ⅱ《天御祖神的降臨》講義
第1章　《天御祖神的降臨》講義
　　　　—日本文明的起源為何？—
第2章　提問與回答 —探索日本與宇宙的祕密—

天御祖神的降臨

定價380元

HAPPY SCIENCE

幸福科學集團介紹

幸福科學透過宗教、教育、政治、出版等活動，以實現地球烏托邦為目標。

幸福科學

一九八六年立宗。信仰的對象為地球靈團至高神「愛爾康大靈」。幸福科學信徒廣布於全世界一百六十八個國家以上，為實現「拯救全人類」之尊貴使命，實踐著「愛」、「覺悟」、「建設烏托邦」之教義，奮力傳道。

（二〇二三年一月）

愛

幸福科學所稱之「愛」是指「施愛」。這與佛教的慈悲、佈施的精神相同。信眾透過傳遞佛法真理，為了讓更多的人們能度過幸福人生，努力推動著各種傳道活動。

覺悟

所謂「覺悟」，即是知道自己是佛子。藉由學習佛法真理、精神統一、磨練己心，在獲得智慧解決煩惱的同時，以達到天使、菩薩的境界為目標，齊備能拯救更多人們的力量。

建設烏托邦

我們人類帶著於世間建設理想世界之尊貴使命，而轉生於世間。為了止惡揚善，信眾積極參與著各種弘法活動。

入會介紹

在幸福科學當中，以大川隆法總裁所述說之佛法真理為基礎，學習並實踐著「如何才能變得幸福、如何才能讓他人幸福」。

入會

想試著學習佛法真理的朋友

若是相信並想要學習大川隆法總裁的教義之人，皆可成為幸福科學的會員。入會者可領受《入會版「正心法語」》。

三皈依誓願

想要加深信仰的朋友

想要做為佛弟子加深信仰之人，可在幸福科學各地支部接受皈依佛、法、僧三寶之「三皈依誓願儀式」。三皈依誓願者可領受《佛說・正心法語》、《祈願文①》、《祈願文②》、《向愛爾康大靈的祈禱》。

幸福科學於各地支部、據點每週皆舉行各種法話學習會、佛法真理講座、經典讀書會等活動，歡迎各地朋友前來參加，亦歡迎前來心靈諮詢。

台北支部精舍
台北市松山區敦化北路 155 巷 89 號

幸福科學台灣代表處
台北市松山區敦化北路 155 巷 89 號
02-2719-9377
taiwan@happy-science.org
FB：幸福科學台灣

幸福科學馬來西亞代表處
No 22A, Block 2, Jalil Link Jalan Jalil Jaya 2,
Bukit Jalil 57000, Kuala Lumpur, Malaysia
+60-3-8998-7877
malaysia@happy-science.org
FB：Happy Science Malaysia

幸福科學新加坡代表處
434 Race Course Road #01-01
Singapore 218680
+65-6837-0777
singapore@happy-science.org
FB：Happy Science Singapore

小說　動搖

小說　揺らぎ

作　　者／大川隆法

出版發行／台灣幸福科學出版有限公司
104-029 台北市中山區中山北路三段 49 號 7 樓之 4
電話／ 02-2586-3390　傳真／ 02-2595-4250
信箱／ info@irhpress.tw
法律顧問／第一法律事務所　余淑杏律師

總 經 銷／旭昇圖書有限公司
235-026 新北市中和區中山路二段 352 號 2 樓
電話／ 02-2245-1480　傳真／ 02-2245-1479

幸福科學華語圈各國聯絡處／
台　　灣　taiwan@happy-science.org
地址：台北市松山區敦化北路 155 巷 89 號（台灣代表處）
電話：02-2719-9377
FB 粉絲頁：幸福科學－台灣
新 加 坡　singapore@happy-science.org
馬來西亞　malaysia@happy-science.org
泰　　國　bangkok@happy-science.org
澳　　洲　sydney@happy-science.org

書　　號／978-626-96750-7-4
初　　版／2023 年 2 月
定　　價／360 元

國家圖書館出版品預行編目 (CIP) 資料

小說 動搖／大川隆法作. -- 初版. -- 臺北市：台灣幸福科學出版有限公司，2023.02
160 面；14.8×21 公分
譯自：小說　揺らぎ
ISBN 978-626-96750-7-4（平裝）

861.57　　111022308

Originally published in Japan as
'*Yuragi*'
by IRH Press Co., Ltd. Tokyo Japan

廣 告 回 信
台 北 郵 局 登 記 證
台 北 廣 字 第 5 4 3 3 號
平 信

IRH Press Taiwan Co., Ltd.

台灣幸福科學出版有限公司

104-029 台北市中山區中山北路三段49號7樓之4

台灣幸福科學出版　編輯部　收

請沿此線撕下對折後寄回或傳真，謝謝您寶貴的意見！

大川隆法

Ryuho Okawa

小說

動搖

台灣幸福科學出版有限公司

小說　動搖
讀者專用回函

非常感謝您購買《小說　動搖》一書，
敬請回答下列問題，我們將不定期舉辦抽獎，
中獎者將致贈本公司出版的書籍刊物等禮物！

讀者個人資料　※本個資僅供公司內部讀者資料建檔使用，敬請放心。

1. 姓名：　　　　　　　　性別：☐男　☐女
2. 出生年月日：西元　　　　年　　　　月　　　　日
3. 聯絡電話：
4. 電子信箱：
5. 通訊地址：☐☐☐-☐☐
6. 學歷：☐國小 ☐國中 ☐高中／職 ☐五專 ☐二／四技 ☐大學 ☐研究所 ☐其他
7. 職業：☐學生 ☐軍 ☐公 ☐教 ☐工 ☐商 ☐自由業☐資訊 ☐服務 ☐傳播 ☐出版 ☐金融 ☐其他
8. 您所購書的地點及店名：
9. 是否願意收到新書資訊：☐願意　☐不願意

購書資訊：

1. 您從何處得知本書的訊息：（可複選）☐網路書店　☐逛書局時看到新書　☐雜誌介紹　☐廣告宣傳　☐親友推薦　☐幸福科學的其他出版品　☐其他
2. 購買本書的原因：（可複選）☐喜歡本書的主題　☐喜歡封面及簡介　☐廣告宣傳　☐親友推薦　☐是作者的忠實讀者　☐其他
3. 本書售價：☐很貴　☐合理　☐便宜　☐其他
4. 本書內容：☐豐富　☐普通　☐還需加強　☐其他
5. 對本書的建議及讀後感
6. 盼望您能寫下對本公司的期望、建議…等等。

IRH Press Taiwan Co., Ltd.
台灣幸福科學出版有限公司